为了人与书的相遇

阿城

常识与通识

上海三联书店

作者像，陈村拍摄，1999 年

目 录

附录

自序[1]

此书所收的十二篇文字，陆续发表在一九九七年至一九九八年上海的双月刊文学杂志《收获》上，我原来打算将栏目题为“煞风景”，后来改为“常识与通识”，规矩多了，但意思还在，因为讲常识，常常煞风景。

我是经常跑来跑去的人，跑来跑去为稻粱谋。答应了《收获》的专栏，有时是将以前记下的想法扩展成篇，有时是现想现卖，然后从所在地发传真到上海

1 此篇为 1999 年作家出版社版本的序言。

的编辑部去。这样的交稿方式，全拜手提电脑的功能之赐。不过，麻烦的是我必须随身带够世界各地的电源转换插头和电话线转换插头，幸亏手提电脑备有电压自动转换器，否则，将有 220V 电源变压器的铁疙瘩在行李里。

现在来看这十二篇文字，实在同情读者。常识讲得如此枝蔓杂乱，真是有何资格麻烦读者？有何资格麻烦编辑者？想来想去，看在常识的面子上，还是结个集吧。

至于为何要讲常识，十二篇中各有所述，此不赘。

一九九八年十二月 北京

思乡与蛋白酶

我们都有一个胃，即使不幸成为植物人，也还是有一个胃，否则连植物人也做不成。

玩笑说，中国文化只剩下了个“吃”。如果以为这个“吃”是为了中国人的胃，就错了。这个“吃”，是为了中国人的眼睛、鼻子和嘴巴的，所谓“色、香、味”。

嘴巴这一项里，除了“味觉”，也就是“甜、咸、酸、辣、辛、苦、膻、腥、麻、鲜”，还有一个很重要的“口感”，所谓“滑、脆、黏、软、嫩、凉、烫”。

我当然没有忘掉“臭”，臭豆腐，臭咸鱼，臭冬瓜，臭蚕豆，之所以没有写到“臭”，是我们并非为了逐其“臭”，而是为了品其“鲜”。

说到“鲜”，食遍全世界，我觉得最鲜的还是中国云南的鸡纵菌。用这种菌做汤，其实极危险，因为你会贪鲜，喝到胀死。我怀疑这种菌里含有什么物质，能完全麻痹我们脑里面下视丘中的拒食中枢，所以才会喝到胀死还想喝。

河豚也很鲜美，可是有毒，能致人死命。若到日本，不妨找间餐馆（坐下之前切记估计好付款能力），里面治河豚的厨师一定要是有执照的。我建议你第一次点的时候，点带微毒的，吃的时候极鲜，吃后身体的感觉有些麻麻的。我再建议你此时赶快做诗，可能此前你没有做过诗，而且很多著名诗人都还健在，但是，你现在可以做诗了。

中国的“鲜”字，是“鱼”和“羊”，一种是腥，一种是膻。我猜“鲜”的意义是渔猎时期定下来的，之后的农业文明，再找到怎样鲜的食物，例如鸡纵菌，都晚了，都不够“鲜”了，位置已经被鱼和羊占住了。

鱼中最鲜的，我个人觉得是广东人说的“龙利”。

清蒸，蒸好后加一点葱丝姜丝，葱姜丝最好顺丝切，否则料味微重，淋清酱油少许，料理好即食，入口即化，滑、嫩、烫，耳根会嗡的一声，薄泪洇濡，不要即刻用眼睛觅知音，那样容易被人误会为含情脉脉，低头心里感激就是了。

羊肉为畜肉中最鲜。猪肉浊腻，即使是白切肉；牛肉粗重，即使是轻微生烤的牛排。羊肉乃肉中之健朗君子，吐雅言，脏话里带不上羊，可是我们动不动就说蠢猪笨牛；好襟怀，少许盐煮也好，红烧也好，煎、炒、爆、炖、涮，都能淋漓尽致。我最喜欢爆和涮，尤其是涮。

涮时选北京人称的“后脑”，也就是羊脖子上的肉，肥瘦相间，好像有沁色的羊脂玉，用筷子夹入微滚的水中（开水会致肉滞），一顿，再一涮，挂血丝，夹出蘸料，入口即化，嚼是为了肉和料混合，其实不嚼也是可以的。料要芝麻酱（花生酱次之），豆腐乳（红乳烈，白乳温），虾酱（当年产），韭菜花酱（发酵至土绿），辣椒油（滚油略放浇干辣椒，辣椒入滚油的制法只辣不香），花椒水，白醋（黑醋反而焦钝），葱末，芫荽段，以个人口味加减调和，有些人会佐食腌糖蒜。京剧名优马连良先生生前到馆子吃涮羊肉是自己带调料，是些什么？怎样一个调法？不知道，只知道他将羊肉真的只是在水里一涮就好了，省去了一“顿”的动作。

涮羊肉，一般锅底放一些干咸海虾米和干香菇，我觉得清水加姜片即可。料里如果放了咸虾酱，锅底不放干咸海虾米也是可以的，否则重复；香菇如果在炭火上炙一下再入汤料，可去土腥味儿；姜是松懈肌肉纤维的，可以使羊肉更嫩。

蒙古人有一种涮法是将羊肉在白醋里涮一下，“生涮”。我试过，羊肉过醋就白了，另有一种鲜。这种涮法大概是成吉思汗的骑兵征进时的快餐吧，如果是，可称“军涮”。

中国的饮食文化里，不仅有饱的经验，亦有饿的经验。

中国在饥馑上的经验很丰富，“馑”的意思是蔬菜歉收，“饥”另有性欲的含义，此处不提。浙江不可谓不富庶，可是浙江菜里多干咸或发霉的货色，比如萧山的萝卜干、螺丝菜，杭州、莫干山、天目山一带的咸笋干，义乌的大头菜，绍兴的霉干菜，上虞的霉千张。浙江明明靠海，但有名的不是鲜鱼，奇怪却是咸鱼，比如玉环的咸带鱼，宁波的咸蟹，咸鳗鲞、咸乌鱼蛋、龙头烤、咸黄泥螺。

宁波又有一种臭冬瓜，吃不惯的人是连闻都不能闻的，味若烂尸，可是爱吃的人觉得非常鲜，还有一种臭苋梗也是如此。绍兴则有臭豆。

鲁迅先生是浙江人，他怀疑浙江人祖上也许不知遭过多大的灾荒，才会传下这些干咸臭食品。我看不是由于饥馑，而是由于战乱迁徙，因为浙江并非闹灾的省份。中国历史上多战乱，乱则人民南逃，长途逃难则食品匮乏，只要能吃，臭了也得吃。要它不坏，最好的办法就是晾干腌制，随身也好携带。到了安居之地，则将一路吃惯了的干咸臭保留下来传下去，大概也有祖宗的警示，好像我们亲历过的“忆苦思甜”。广东的客家人也是历代的北方逃难者，他们的食品中也是有干咸臭的。

中国人在吃上，又可以挖空心思到残酷。

云南有一种“狗肠糯米”，先将狗饿上个两三天，然后给它生糯米吃，饿狗囫囵，估计糯米到了狗的“十二指肠”（狗的这一段是否有十二个手指并起来那么长，没有量过），将狗宰杀，只取这一段肠蒸来吃。说法是食物经过胃之后，小肠开始大量分泌蛋白酶来造成食物的分化，以利吸收，此时吃这一段，“补得很”。

还是云南，有一种“烤鹅掌”，将鹅吊起来，让鹅掌正好踩在一个平底锅上，之后在锅下生火。锅慢慢烫起来的时候，鹅则不停地轮流将两掌提起放下，直至烫锅将它的掌烤干，之后单取这鹅掌来吃。说法是动物会调动它自己最精华的东西到受侵害的部位，此时吃这一部位，“补得很”。

这样的吃法已经是兵法了。

相较中国人的吃，动物，再凶猛的动物，吃起来也是朴素的，表情平静。它们只是将猎物咬死，然后食其血或肉，然后，就拉倒了。它们不会煎炒烹炸熬煸炖涮，不会将鱼做成松鼠的样子，美其名曰“松鼠桂鱼”。你能想象狼或豹子挖空心思将人做成各种肴馔才吃吗？例如爆人腰花、炒人里脊、炖人手人腔骨、酱人肘子、卤人耳朵、涮人后脖子肉、腌腊人火腿、干货则有人鞭？

吃，对中国人来说，上升到了意识形态的地步。“吃哪儿补哪儿”，吃猪脑补人脑，这个补如果是补智慧，真是让人犹豫。吃猴脑则是医“羊痫风”也就是“癫痫”，以前刑场边上总有人端着个碗，等着拿犯人死后的脑浆回去给病人吃，有时病人亲自到刑场上去吃。“吃鞭补肾”，如果公鹿的性激素真是由吃它的相应部位就可以变为中国男人的性激素，性这件事也真是太简单了。不过这是意识形态，是催眠，所谓“信”。海参、鱼翅、甲鱼，都是暗示可以补中国男女的性分泌物的食品，同时也就暗示性的能力的增强。我不吃这类东西，只吃木耳，植物胶质蛋白，而且木耳是润肺的，我抽烟，正好。

我在以前的《闲话闲说》里聊到过中国饮食文化的起因：

> 中国对吃的讲究，古代时是为祭祀，天和在天上的祖宗要闻到飘上来的味儿，才知道俗世搞了些什么名堂，是否有诚意，所以供品要做出香

味，味要分得出级别与种类，所谓“味道”。远古的“燎祭”，其中就包括送味道上天。《诗经》、《礼记》里这类郑重描写不在少数。

前些年大陆文化热时，用的一句“魂兮归来”，在屈原的《楚辞·招魂》里，是引出无数佳肴名称与做法的开场白，屈子历数人间烹调美味，诱亡魂归来，高雅得不得了的经典，放松来读，是食谱。

咱们现在到无论多么现代化管理的餐厅，照例要送上菜单，这是古法，只不过我们这种“神”或“祖宗”要付钞票。

商王汤时候有个厨师伊尹，因为烹调技术高，汤就让他做了宰相，烹而优则仕。那时煮饭的锅，也就是鼎，是国家最高权力的象征，闽南话现在仍称锅为鼎。

极端的例子是烹调技术可以用于做人肉，《左传》、《史记》都有记录，《礼记》则说孔子的学生子路“醢矣”，“醢”读如“海”，就是人肉酱。

转回来说这供馔最后要由人来吃，世俗之人

嘴越吃越刁，终于造就一门艺术。

现在呢，则不妨将《招魂》录出：

室家遂宗，食多方些。
稻粢穱麦，挐黄粱些。
大苦咸酸，辛甘行些。
肥牛之腱，臑若芳些。
和酸若苦，陈吴羹些。
胹鳖炮羔，有柘浆些。
鹄酸臇凫，煎鸿鸧些。
露鸡臛蠵，厉而不爽些。
粔籹蜜饵，有餦餭些。
瑶浆蜜勺，实羽觞些。
挫糟冻饮，酎清凉些。
华酌既陈，有琼浆些。
归来反故室，敬而无妨些。

这样的食谱，字不必全认得懂，但每行都有我们认得的粮食，家畜野味，酒饮，烹调方法。如此丰盛，魂兮胡不归！

这个食谱，涉及了《礼记·内则》将饮食分成的饭、膳、馐、饮四大部分。先秦将味原则为“春酸、夏苦、秋辛、冬咸”，这个食谱以“大苦”领首，说明是夏季，更何况后面还有冰镇的“冻饮”，也就是我们现在说的冷饮。

难怪古人要在青铜食器上铸饕餮纹。饕餮是警示不要贪食，其实正暗示了所盛之物实在太好吃了。

说了半天都是在说嘴，该说说胃了。

食物在嘴里的时候，真是百般滋味，千般享受，所以我们总是劝人“慢慢吃”，因为一咽，就什么味道也没有了，连辣椒也只“辣两头儿”。嘴和肛门之间，是由植物神经管理的，这当中只有凉和烫的感觉，所谓“热豆腐烧心”。

食物被咽下去后，经过食管，到了胃里。胃是个软磨，将嚼碎的食物再磨细，我们如果不是细嚼慢咽，胃的负担就大。

经过胃磨细的食物到了十二指肠，重要的时刻终于来临。我们千辛万苦得来的口中物，能不能化成我们自己，全看十二指肠分泌出什么样的蛋白酶来分解，分解了的，就吸收，分解不了吸收不了的，就“消化不良”。

消化不良，影响很大，诸如打嗝放屁还是小事，消化不良可以影响到精神不振，情绪恶劣，思路不畅，怨天尤人。自己烦倒还罢了，影响到别人，鸡犬不宁，妻离子散不敢说，起码朋友会疏远你一个时期，“少惹他，他最近有点儿精神病”。

小的时候，长辈总是告诫不要挑食，其中的道理会影响人一辈子。

人还未发育成熟的时候，蛋白酶的构成有很多可能性，随着进入小肠的食物的种类，蛋白酶的种类和结构开始逐渐形成以至固定。这也就是例如小时候没有喝过牛奶，大了以后凡喝牛奶就拉稀泻肚。我是从来都拿牛奶当泻药的。亚洲人，例如中国人、日本人、韩国人到了牛奶多的地方，例如美国，绝大多数都出现喝牛奶即泻肚的问题，这是因为亚洲人小时候牛奶喝得少或根本没有得喝，因此缺乏某种蛋白酶。

牛奶在美国简直就是凉水，便宜，新鲜，管够。望奶兴叹很久以后，我找到一个办法，将可口可乐掺入牛奶，喝了不泻。美国专门出一种供缺乏分解牛奶的蛋白酶的人喝的牛奶，其中掺了一种酶。这种牛奶不太好找，名称长得像药名，总是记不住，算了，还是喝自己调的牛奶吧。

不过，“起士”或译成“起司”的这种奶制品我倒可以吃。不少中国人不但不能吃，连闻都不能闻，食即呕吐，说它有一种腐败的恶臭。腐败，即是发酵，动物蛋白质和动物脂肪发酵，就是动物的尸体腐败发酵，臭起来真是昏天黑地，我居然甘之如饴，自己都感到不可思议。我是不吃臭豆腐的，一直没有过这一关。臭豆腐是植物蛋白和植物脂肪腐败发酵，比较动物蛋白和动物脂肪的腐败发酵，差了一个等级，我居然喜欢最臭的而不喜欢次臭的，是第二个自己的不可思议。

分析起来，我从小就不吃臭豆腐，所以小肠里没有能分解它的蛋白酶。我十几岁时去内蒙古插队，开始吃奶皮子，吃出味道来，所以成年以后吃发酵得更完全的起士，没有问题。

陕西凤翔人出门到外，带一种白土，俗称“观音土”，水土不服的时候食之，就舒畅了。这白土是碱性的，可见凤翔人在本乡是胃酸过多的，饮本地的碱性水，正好中和。

所以长辈“不要挑食”的告诫会影响小孩子的将来，道理就在于你要尽可能早地、尽可能多地吃各种食物，使你的蛋白酶的形成尽可能的完整，于是你走遍天下都不怕，什么都吃得，什么都能消化，也就有了幸福人生的一半了。

于是所谓思乡，我观察了，基本是由于吃了异乡食物，不好消化，于是开始闹情绪。

我注意到一些会写东西的人到外洋走了一圈，回到中国之后发表一些文字，常常就提到饮食的不适应。有的说，西餐有什么好吃？真想喝碗粥，就咸菜啊。

这看起来真是朴素，真是本色，读者也很感动，其实呢？真是挑剔。

我就是这样一种挑剔的人。有一次我从亚利桑那州开车回洛杉矶。我的旅行经验是，路上带一袋四川榨菜，不管吃过什么洋餐，嚼过一根榨菜，味道就回来了，你说我挑剔不挑剔？

话说我沿着十号州际高速公路往西开，早上三明治，中午麦当劳，天近傍晚，路边突然闪出一块广告牌，上写中文“金龙大酒家”，我毫不犹豫就从下一个出口拐下高速公路。

我其实对世界各国的中国餐馆相当谨慎。威尼斯的一家温州人开的小馆，我进去要了个炒鸡蛋，手艺再不好，一个炒蛋总是坏不到哪里去吧？结果端上来的炒鸡蛋炒得比盐还咸。我到厨房间去请教，温州话我是不懂的，但掌勺儿表明“忘了放盐”我还是懂了。其实，是我忘了浙江人是不怕咸的，不过不怕到这个地步倒是头一次领教。

在巴黎则是要了个麻婆豆腐，可是什么婆豆腐都可以是，就不是麻婆豆腐。麻婆豆腐是家常菜呀！炝油，炸盐，煎少许猪肉末加冬菜，再煎一下郫县豆瓣，油红了之后，放豆腐下去，勾芡高汤，盖锅。待豆腐腾地涨起来，起锅，撒生花椒面、青蒜末、葱末、姜末，就上桌了，吃时拌一下，一头汗马上吃出来。

看来问题就出在家常菜上。家常菜原来最难。什么“龙凤呈祥”，什么“松鼠桂鱼”，场面菜不常吃，吃也是为吃个场面，吃个气氛，吃个客气，不好吃也不必说，难得吃嘛。家常菜天天吃，好像画牛，场面菜不常吃，类似画鬼，“画鬼容易画牛难”。

好，转回来说美国西部蛮荒之地的这个“金龙大酒家”。我推门进去，站柜的一个妇人迎上来，笑容标准，英语开口，“几位？”我觉得有点不对劲，因为从她肩上望过去，座上都是牛仔的后代们，我对他们毫无成见，只是，“您这里是中国餐馆吗？”

“当然，我们这里请的是真正的波兰师傅。”

到洛杉矶的一路上我都在骂自己的挑剔。波兰师傅怎么了？波兰师傅也是师傅。我又想起来贵州小镇上的小饭馆，进去，师傅迎出来，“你炒还是我炒？”中国人谁不会自己炒两个菜？“我炒。”

所有佐料都在灶台上，拣拣菜，抓抓码，叮当五四，两菜一汤，吃得头上冒汗。师傅蹲在门口抽烟，看街上女人走路，蒜瓣儿一样的屁股扭过来又扭过去。

所以思乡这个东西，就是思饮食，思饮食的过程，思饮食的气氛。为什么会思这些？因为蛋白酶在作怪。

老华侨叶落归根，直奔想了半辈子的餐馆、路边摊，张口要的吃食让亲戚不以为然。终于是做好了，端上来了，颤巍巍伸筷子夹了，入口，“味道不如当年的啦。”其实呢，是老了，味蕾退化了。

老了的标志，就是想吃小时候吃过的东西，因为蛋白酶退化到了最初的程度。另一个就是觉得味道不如从前了，因为味蕾也退化了。七十岁以上的老人对食品的评价，儿孙们不必当真，我老了的话，会三缄吾口，日日喝粥就咸菜，能不下厨就不下厨，因为儿孙们吃我炒的蛋，可能比盐还咸。

与我的蛋白酶相反，我因为十多岁就离开北京，去的又多是语言不通的地方，所以我在文化上没有太多的“蛋白酶”的问题。在内蒙，在云南，没有人问过我“离开北京的根以后，你怎么办？你感觉如何？你会有什么新的计划？”现在倒是常常被问到“离开你的根以后，你怎么办？你感觉如何？你适应吗？”我的根？还不是这里扎一下，那里扎一下，早就是个老盲流了，或者用个更朴素的词，是个老“流氓”了。

你如果尽早地接触到不同的文化，你就不太会大惊小怪。不过我总觉得，文化可能也有它的“蛋白酶”，比如母语，制约着我这个老盲流。

一九九六年二月 加州洛杉矶

爱情与化学

这个题目换成“化学与爱情”，也无所谓。不过，我们的秩序文化里，比如官场中接见时的名次序列，认为排在前面的一定高贵，或者比较重要，就好像判死刑之后，最先拉出去枪毙的总应该是首犯吧。鲁迅先生有过一个讲演，题目是《魏晋风度及文章与药及酒之关系》，很少有人认为其中三者的关系是平等的，魏晋风度总是比较重要的吧。因此，把“爱情”放在前面，无非是容易被注意，查一下页数，翻到了，看下去，虽然看完了的感想可能是“煞风景”。

那这个容易引起注意的爱情，是什么呢？我猜这是一个被视为当然而可能不太了解所以然的问题，不过题目已经暗示了，爱情，与化学有关系。

一定有人猜，是不是老生常谈又要讲性荷尔蒙也就是性激素了？不少人谈到爱情的性基础时，都说到荷尔蒙。其实呢，性荷尔蒙只负责性成熟，因此会有性早熟的儿童，或者性成熟的智障者，十多年前韩少功的小说《爸爸爸》可以是一个例子。顺便说一下的是，当代中国大陆的小说里，疯子和傻子不免多了一点，连带着电影里也常搞些疯子傻子说说“真话”。中国古典小说中常常出现癞僧，说出预言或题旨，因此“癞”是有传统的。

性成熟的人不一定具爱情的能力。那么爱情的能力从哪里来呢？“感情啊”，无数小说、戏剧、电影、电视连续剧都“证明”过，有点“谎言千遍成真理”的味道，而且味道好到让我们喜欢。其实呢，爱情的能力从化学来，也就是从性成熟了的人的脑中的化合物来。

不过，话要一句一句地说。先说脑。

《儿子与情人》的作者劳伦斯说过，“性来自脑中”，他的话在生理学的意义上是真理，可惜他的意思并不是指生理学的脑。

我们来看脑。

人脑是由“新哺乳类脑”例如人脑，“古哺乳类脑”例如马的脑和“爬虫类脑”例如鳄鱼的脑组成的，或者说，人脑是在进化中层层叠加形成的。

古哺乳类脑和爬虫类脑都会直接造成我们的本能反应。比如，如果你的古哺乳类脑强，你就天生不怕老鼠，而如果你的爬虫类脑强，你就不怕蛇。我们常常会碰到怕蛇却不怕老鼠，或者怕老鼠而不怕蛇的人。好莱坞的电影里时不时就让无辜的老鼠或蛇纠缠一下落难英雄，这是一关，过了，我们本能上就感觉逃脱一劫，先松口气再说。

我是天生厌蛇的人，有一次去一个以蛇为宠物的新朋友家，着实难过了两个钟头，深为自己有一个弱的爬虫类脑而烦恼。顺便要提醒的是，千万不要拿本能的恐惧来开玩笑，比如用蛇吓女孩子，本能的恐惧会导致精神分裂的，后果会非常非常糟糕。

爬虫类脑位于脑的最基层，负责生命的基本功能，其中的“下视丘”，有“进食中枢”和“拒食中枢”，负责饿了要吃和防止撑死，也就是负责我们人类的“食”。

下视丘还有一个“性行为中枢”，人类的“色”本能即来源于此。

我们来看下视丘中这个负责“色”的中枢。

这个中枢究竟是雄性化的还是雌性化的，在它发育的初期，并没有定型。怀孕的母亲会制造荷尔蒙，她腹中的胎儿，也会根据得自父母双方遗传基因染色体的组合，来决定制造何种荷尔蒙，这两方面的荷尔蒙决定胎儿生殖器的构造与发育。

同时，这些荷尔蒙进入正在发育的胎儿的脑中，影响了脑神经细胞发育和由此而构成的联系网络，决定性行为中枢的结构。脑的其他部分，相应产生“男性化脑”或“女性化脑”的基本结构。

这些“硬体”定型之后，就很难改变了。但是在定型之前，也就是脑还在发育的时候，却是有可能出些“差池”的，当这些“差池”也定型下来的时候，就会出现例如同性恋、双性恋的类型。当代脑科学证实了同性恋原因于脑的构造。我们常说“命”，这就是生物学意义上的命，先天性的。

从历史记载分析，中国汉朝刘姓皇帝的同性恋比率相当高，可惜刘家的脑我们得不到了。

好，假设脑发育定型了。

脑神经生理学家证实，古哺乳类脑中的边缘系统是“情感中枢”。因为这个中枢的存在，哺乳类比爬虫类“有情”，例如我们常说的“舐犊情深”，哪怕它虎豹豺狼，只要是哺乳类，都是这样。爬虫类则是“冷酷无情”，这怪不得它们，它们的脑里没有情感中枢。

人类制造的童话，就是在充分利用情感中枢的功能，小孩子听了童话觉得很“真实”，大人听到了也眼睛湿湿的。童话里的小红帽儿呢？由于情感中枢的本能趋使，结果让大灰狼吃了自己的奶奶，又全靠比情感中枢多了一点聪和明，免于自己被吃。

常说的“亲兄弟明算账”，无非是怕自己落到童话的境界。话说回来，情感中枢对人类很重要，因为它使“亲情”、“友情”乃至“爱情”成为可能，不过说到现在，爱情还只是“硬体”的可能罢了。

在这个边缘系统最前端的脑隔区,是“快感中枢”。经典的性高潮，是生殖器神经末梢将所受的刺激，经由脊髓传到脑隔区，积累到一个程度，脑隔区的神经细胞就开始放电，于是人才会有性高潮体验。不过，脑神经生理学家用微电流刺激脑隔区，或者将剂量精确的乙酰胆碱直接输入到脑隔区，脑隔区的神经细胞也能放电，同样能使人产生性高潮体验。这证明了性高潮是脑的事，可以与我们的生殖器神经末梢无关。

我相信不少人听说原来如此，会觉得真是煞风景，白忙了。当初这个脑神经生理关系发现之后，确实有人担心人类会成为电极的性奴隶，你我不过是些男女电池，现在看来还不至于，不过毒品对脑隔区也会产生同样的影响，倒是我们要注意的。

临床报告说，有些脊髓受伤的男性，阴茎仍然可以勃起乃至射精，却没有性高潮体验；另一种则是生殖器麻木不仁，却能由刺激第二性感区，甚至手臂胸腹而产生性高潮体验。我以前在北京朝阳门内有个忘年交，一个当年宫里的粗使太监告诉过我，“咱们也能有那么回事儿”，我知道他没吹牛，因为太监制度只严格在下身，断绝精子的产生与输出，同时也断绝男性激素的产生，但是，上面的脑隔区的“快感中枢”却还在，也算百密一疏吧。

不过，边缘系统中，还有一个“痛苦中枢”，难为它恰好与“快感中枢”为邻，于是不管快感中枢还是痛苦中枢放电，常常“城门失火，殃及池鱼”，使另一个中枢受到影响。所以俗说的“打是疼，骂是爱”，或者文说的性虐狂或受虐狂（俗称“贱”），即来源于两个中枢的邻里关系。

“喜极而泣”，“乐极生悲”，“极”，就是一个中枢神经细胞放电过量，影响到另一个中枢的神经产生反应。女性常会在性高潮之中或之后哭泣，雄猿猴在愤怒的时候，阴茎会勃起，这是两个中枢共同反应，而不是哲学上说的“物极必反”。我认识的一个小提琴高手，凡拉忧郁的曲子，裤裆里就会硬起来，为此他很困扰，我劝他不妨在节目单里印上痛苦中枢与快感中枢的脑神经生理结构常识。

我初次见马友友演奏大提琴时的面部表情，很被他毫无顾忌的类似性行为时的面部表情分神。演奏家，尤其在演奏浪漫派音乐时，都控制不了他们自己的面部表情。

能直接作用于边缘系统也就是情感中枢的艺术是音乐。音乐由音程、旋律、和声、调性、节奏直接造成“频律”（不是旋律），假如这个频律引起痛苦中枢或快感中枢的强烈共振（不是共鸣）而导致放电，人就被“感动”，悲伤，兴奋，沮丧，快活。同时，脑中的很多记忆区被激活，于是我们常常听到或看到这样的倾诉，“它使我想起了什么什么……”每个人的经验记忆有不同，于是这个“频律”，也就是“作品”，就被赋予多种意义了。名噪一时的“阅读理论”，过于将“文本”自我独立，所以对音乐文本的解释一直施展不利，因为音乐是造成频律直接影响中枢神经的反应，理性“来不及”掺入。

有一种使母牛多产奶的方法是放音乐给它听，道理和人的生理反应机制差不多，幸亏牛不会成为音响发烧友，否则养牛也真是会破产的。

景象和视觉艺术则是通过视神经刺激情感中枢，

听觉和视觉联合起来同时刺激情感中枢的时候，我们难免会呼天抢地。不过刺激久了也会麻木，仰拍青松，号角嘹亮，落日余晖，琴音抖颤，成了令人厌烦的文艺腔，只好点烟沏茶上厕所。

音乐可以不经由性器而产生中枢神经放电导致快感，因为不经由性器，所以道德判断为“高尚”，所以我们可以一遍一遍地听而无“耳淫”的压力，所以我们说我们得到“净化”。孔子说听韶乐后不知肉味，你看，连“进食中枢”都被抑制了，非常净化，不过孔子说的是实话。

说起来，艺术无非是千方百计产生一种频律，在展示过程中加强这个频律，听者、读者用感官得到这个频律，而使自己的情感中枢放电。我们都知道军队通过桥梁时不可以齐步走，因为所产生的谐振会逐渐增强，以致桥梁垮掉。巴赫的音乐就有军队齐步走过桥梁的潜在危险。审美，美学，其实可以解释得很朴素或直接，再或者说，解释得很煞风景。

常说的“人之异于禽兽几何”，笑话讲成“人是因为会解几何题，才与畜生不一样”。不过分子生物学告诉我们,人与狒狒的DNA百分之九十五点四是相同的,与最近的亲戚矮黑猩猩、黑猩猩、大猩猩的DNA百分之九十九是相同的,也就是说,“人之异于禽兽不过百分之一”,很具体,很险,很庆幸,是吧?

不过在脑的构成里,人是因为新哺乳类脑中的前额叶区而异于禽兽的。这个前额叶区,主司压抑。前额叶区如果被破坏,人会丧失自制力,变得无计划性,时不时就将爬虫类脑的本能直接表达出来,令前额叶区没有被破坏的人很尴尬,前者则毫不在意。

说到现在,我们可以知道,爬虫类脑,相当于精神分析里所说的“原我”和“原型”或“潜意识”和“集体潜意识”,新哺乳类脑里的前额叶区,相当于“超我”;“自我”在哪里?不知道。美国国家精神卫生署(不是精神文明署,因为缩写为NIMH)脑进化与行为研究室的主任麦克连说,“躺在精神科沙发上的,除了病人,还有一匹马,一条鳄鱼”,这比弗洛伊德的说法具体明确有用得多了。

压抑是文明的产物。不过这么说也不全对,因为比如狼的压抑攻击的机制非常强,它们的遗传基因中如果没有压抑机制的组合，狼这个物种早就自己把自己消灭了。这正说明人之所以为人，是因为能够逐步在前额叶区这个“硬件”里创造“压抑软件”的指令，控制爬虫类脑，从蒙昧、野蛮以至现在，人类将这个“逐步”划分为不同阶段的文明，文明当然还包括人类创造的其他。不同地区、民族的“压抑软件”的程序及其他的不同，是为“文化”。

古希腊文化里，非理性的戴奥尼索斯也就是酒神精神，主司本能放纵；理性的阿波罗也就是太阳神精神，主司抑制，两者形成平衡。中国的孔子说“吾未见好德如好色者也”，一针见血，挑明了本能与压抑本能的关系。

不幸文化不能由生物遗传延续，只能通过学习。孔子说“学而优则仕”，学什么？学礼和技能，也就是当时的权力者维持当时的社会结构的“软件”，学好了，压抑好了，就可以“联机”了，“则仕”。学不好，只有“当机”。一直到现在，全世界教育的本质还是这样，毕业证书是给社会组织看的。受过高等教育的人，脸上或深或浅都是盖着“高等压抑合格”或“高等伪装成功”

的印痕，换取高等的社会待遇。

前面说过的快感中枢与痛苦中枢的邻里关系，还会产生“享受痛苦”的现象。古老文化地区的诗歌、小说、戏剧、电影，常常以悲剧结尾，以苦为美。我去台北随朋友到 KTV，里面的歌几乎首首悲音，闽南语我不懂，看屏幕上打出的字幕，总是离愁别绪，爱而不得，爱之苦痛等等，但这确实是娱乐，消费不低的娱乐。

一般所谓的“深刻”、“悲壮”、“深沉”等等，从脑神经的结构来看，是由痛苦中枢放电而影响到快感中枢，于是由苦感与快感共同完成满足感。如果痛苦不能导致快感，就只有“悲惨”而无“悲壮”。这就像巧克力，又苦又甜，它产生的满足感强过单纯的糖，可是我们并不认为巧克力比糖“深刻”。

所以若说“‘深刻’、‘悲壮’里有快感”，我相信不少人一定会有被亵渎的感觉。这说明文化软件里的不少指令是生理影响心理，心理影响文化，文化的软件形成之后，通过学习再返回来影响心理，可是却很难再进一步明白这一切源于生理。文化形成之后，是集体的形态，有种“公理”也就是不需证明的样子，于是文化也是暴力，它会镇压质疑者。

“沉雄”、“冷峻”、“壮阔”、“亢激”、“颤栗”、“苍凉”，你读懂这些词并能陶醉其中时，若还能意识到情感上的优越，那你开始对快感有“深刻”的感觉了，可是，虚伪也会由此产生，矫情的例子比比皆是，历历在目。

中国文化里的“享受痛苦”，一直有很高的地位，单纯的快乐总是被警惕的。苦其心志，饿其体肤，天将降大任于斯，虽然苦痛但心感优越，警惕“玩物丧志”，责备“浑身没有二两重”。我们可以看出一个很清晰的压抑的文化软件程序，它甚至可以达到非常精致的平衡，物我两忘，但它也可以将一个活泼的孩子搞得少年老成。

不过前额叶区是我们居然得以有社会组织生活的脑基础，我们可要小心照顾它，过与不足，都伤害到人类本身。人类如果有进步，前额叶区的“压抑软件”的转换要很谨慎，这个谨慎，可以叫做“改良”。

“无产阶级文化大革命”是一次软件设计，它输入前额叶区的是“千条万绪就是一句话：造反有理”和“革命不是请客吃饭，不是做文章，不是绘画绣花，不能那样雅致,那样从容不迫、文质彬彬,那样温良恭俭让”。将新哺乳类脑的情感中枢功能划限于“阶级感情”，释放爬虫类脑,“革命是暴动，是一个阶级推翻一个阶级的暴烈的行动”，“要武嘛”。当时的众多社论，北京清华附中“红卫兵”的“三论造反有理”，都是要启动释放爬虫类脑功能的软件程序。

“三论造反有理”同时是一组由刺激痛苦中枢转而达到快感的范文，好莱坞的英雄片模式也是这样，好人一定要先受冤枉，受暴力之难，刺激观众的痛苦中枢，然后好人以暴力克服磨难，由快感中枢完成高潮，影片适时结束。

由于前额叶区的压抑作用，人类还产生了偷窥来纾解心理和生理上的压抑。爬虫类和古哺乳类不偷窥，它们倒是直面“人”生的。艺术提供了公共偷窥，视觉艺术则是最直接的偷窥，偷窥包装过的或不包装的暴力与性。

扯得真是远了，爱情还在等待，不过虽然慢了一点儿，但是前面的啰嗦会使我们免去很多麻烦。

人类的“杜莱特氏症”历史悠久，生动的病历好看过小说。这种症状是病人脑中的“基底核”不正常造成的。基底核负责制造“邻苯二酚乙胺”，即“多巴胺”，多巴胺过多，人就会猛烈抽搐或者性猖狂。多巴胺过少，结果之一为“帕金森氏症”，治疗的方法是使用“左多巴”，注意量要精确，否则老绅士老淑女会变成色情狂的。

你觉得可以猜到爱情是什么了吧？且慢，爱情不仅仅是多巴胺。

脑神经生理学家发现，人脑中的三种化学物质，多巴胺（dopamine），去甲肾上腺素（norepinephrine）和 phenylethylamine（最后这种化学物我做不出准确译名，总之是苯和胺的化合物）。当脑“浸”于这些化学物质时，人就会坠入情网，所谓“一见钟情”，所谓“爱是盲目的”，所谓“烈火干柴”等等，总之是进入一种迷狂状态。诗歌，故事，小说，戏剧，电影，对此无不讴歌之描写之得意忘形，所谓“永恒的题材”。

今年《收获》第四期上有叶兆言的小说《一九三七年的爱情》，我读的时候常常要猜男主人公丁问渔脑里的基底核的情况，有时想，觉得可以戏仿“字典小说”

写成一部“病历小说”。从症状上看，丁问渔的基底核有些问题，多巴胺浓度稍稍高了一点，但他的前额叶区里的文化抑制软件里，有一些他所在地区的文化软件里没有的“骑士精神”，所以他还不至于成为真正的性猖狂。“骑士精神”是欧洲文化里“享受痛苦”、性自虐的表现之一，塞万提斯笔下的堂吉诃德的悲剧是欧洲文化中时间差的悲剧，桑丘用西班牙的世俗智慧保护了主人，叶兆言笔下的丁问渔的悲剧则不但是时间差而且是文化空间差的悲剧，南京车夫和尚显然不是桑丘，连自身都难保。丁问渔的悲剧有中国百年来一些症结的意味，却难得丁问渔不投机。叶兆言要处理的真是很复杂，可惜丁问渔死得简单了，从悲剧来讲，他死得有点不“必然”。不过我这么讲实在是一种监工式的站着说话不腰疼，何况我还不配监工。

上面提到的脑中的三种化学物质，生物学上的意义是使性成熟的男性女性产生迷狂，目的是交配并产生带有自己遗传基因的新载体，也就是子女后代。男女交合后，双方的三种化学物质并不消失，而是持续两到三年，这时若女方怀孕，迷狂则会表现出“亲子”，

“无私的母爱”，俗说“护犊子”、“孩子是自己的好”。我如果说“母性”无所谓伟大不伟大，只是一种化学物质造成的迷狂，一定会得罪天下父母心，但脑生理学认为，这正是人为了维护带有自己基因的新生儿达到初步独立程度的不顾一切，这个初步，包括识别食物，独立行走，基本语言表达，也就是脑的初步成熟。爬虫类和古哺乳类的后代的脑是在卵和胎的时期就必须成熟。它们一降生，已经会识别食物和行走。爬虫类只护卵，小爬虫一破壳，就各自为政；古哺乳类则短期护犊，之后将小兽驱离，就像我们从前在日本艺术科教片《狐狸的故事》里看到的。

人脑中的上述三种化学物质“消失”后，脑生理学家还没有找出我们不能保持它们的原因，你们大概要关心迷狂之爱是不是也要消失了？当然，虽然很残酷，“老婆（也可以换成老公）是别人的好”。生物遗传学家解释说，遗传基因的这种安排，是为了将“迷狂”的一对分开，因为从偶然率上看，交配者的基因不一定是最佳的，只有另外组合到一定的数量，才会产生最佳的基因组合，这也是所谓的“天地不仁”吧。

基因才是我们的根本命运。当人类社会出现需要继承的权力和财富时，人类开始向基因的“尽可能多组合”的机制挑战，造成婚姻制度，逐渐进化到对偶血缘婚姻，以便精确确认有财富和权力继承权的基因组合成品，并以法律保护之。这就是先秦儒家的“道”的来源，去符合它，就是“德”，否则就是“非德”。我们现在则表达为“道德”或“不道德”。古代帝王则没有什么道德不道德，干脆造成太监，以确保皇宫内只有一种男性基因在游荡。

我们的历代文化没有指责“食”的，至多是说“朱门酒肉臭，路有冻死骨”，这是不公平，而不是“食”本身有何不妥。不过酒有例外，因为酒类似药，可以麻痹主司压抑的前额叶区。酒是殷的亡国原因之一，我们很难想象现在的河南商丘地区，当年满朝醉鬼，《礼记》上形容殷是“荡而不静，胜而无耻”，情况严重到周灭殷之后明令禁酒。

麻烦的事一直是“色”，因为色本来是求生殖的事，但基因所安排的生理化学周期并没有料到人类会有一个因财产而来的理性的婚姻制度，它只考虑“非理性”

的基因组合的优化。人类发明的对偶婚姻制度，还不到两万年吧，且不说废止了还不到一百年的中国的妻妾制，这个制度还不可能影响人类基因的构成，既然改变不了，人类就只有往前额叶区输入不断严密化的文化软件来压抑基因的安排，于是矛盾大矣，悲剧喜剧悲喜剧多矣。

说实在的，你我不觉得“与天斗，其乐无穷，与地斗，其乐无穷”，终有觉悟到人非世界的中心，也就是提出环保的一天，而“与人斗，其乐无穷”“八亿人，不斗行吗”同样荒诞，但是与基因斗，是不是有点悲壮呢？

有分教，海誓山盟，刀光剑影，红杏出墙，猫儿偷腥，醋海波涛，白头偕老，杜十娘怒沉百宝箱，包龙图义铡陈世美，罗密欧与茱丽叶，唐璜与堂吉诃德，乔太守乱点鸳鸯谱，汪大尹火烧宝莲寺，卡门善别恋，简爱变复杂，地狱魔鬼贞操带，贞节牌坊守宫砂，十八年寒窑苦守，第三者第六感觉，俱往矣俱往矣又继往开来。

清朝的采蘅子在《虫鸣漫录》里记了一件事，说河南有个大户人家的仆人辞职不干了，别人问起原因，他说是主人家有件差事做不来。原来每天晚上都有一个老妇领他进内室，床上帐子遮蔽，有女人的下体伸出帐外，老妇要他与之交合，事后给不少钱。他因为始终看不到女人的颜面，终于支持不了，才辞职不做了。

事情似乎不堪，却有一个文化人类学所说的“生食”与“熟食”的问题。这个仆人是“熟食”的，不是“关了灯都一样”，他不打“生食”的工，钱多也不打。

人被迫创造了文化，结果人又被文化异化，说得难听点，人若不被文化异化，就不是人了。爱情也是如此。古往今来的爱情叙说中，“美丽”、“漂亮”几乎是必提的迷狂主旋律，似乎属于本能的判断，其实，“美丽”等等是半本能半文化的判断。美丽漂亮之类，常常由文化价值判断的变化而变化。“焦大绝不会爱林妹妹”，话说得太绝对了，农村包围城市之后，“文化大革命”之中，焦大爱林妹妹或者林妹妹爱焦大，见得还少吗？

文化是积累的，所以是复杂的，爱情被文化异化，也因此是复杂的。相较之下，初恋，因为前额叶区里压抑软件还不够，于是阳光灿烂；暗恋，是将本能欲望藏在压抑软件背后，也还可以保持“纯度”。追星族是初恋暗恋混在一起，迷狂得不得了，青春就是这样，像小兽一样疯疯癫癫的，祝他们和她们青春快乐。

这两年风靡过的美国小说《麦迪逊之桥》，是一本严格按照脑生理常识和文化抑制机制制作的小说。首先是迷狂，女主角的血统定为拉丁，这个血统几乎是西方文化中迷狂的符号（电影改编中女主角用梅莉·史翠普，效果弱了）；迷狂的环境选在美国中部（直到现在美国中部还是以保守著称，总统选举的初选一直就在小说里的爱荷华州，看看美国最基础的价值观大概会支持哪位竞选者），这里有占主流的婚姻家庭传统价值观。小说的构造是压抑机制成功，造成巨大的痛苦。你还记得前面介绍过的脑袋里的那个邻里关系吗？于是结尾造成享受痛苦。不要轻视商业小说，它们努力要完成的正是“典型环境里的典型性格”（俄文以前错将“性格”译成“人物”，中文也就跟着错了），再运用科普常识和想象力，成品绝不伪劣假冒，当然会将我国的中年知识分子收拾得服服帖帖。

说起文化的复杂，王安忆最近的小说《长恨歌》

里透露出上海的文化软件中有一个指令是“笑贫不笑娼”。姿色是一种资本，投资得好，利润很大的，而贫，毫无疑义是没有资本。其实古来即如此，不过上海开埠早，一般的中国人又多是移民，前额叶区里的旧压抑软件的不少指令容易改变，于是近代商业资本意识更纯粹一些，于是上海也是中国冒险家的乐园。何须下海？当年多少文化人就是拥到海里以文化做投资，张爱玲一句“出名要早”点出投资效益。王琦瑶初恋之后，晓得权力是男人的这个文化指令，于是性投资于李主任，不久即红颜薄命，之后的四十多年，难能保住了李主任留下的金子，可红颜到老还是薄命。

人脑中的边缘系统提示我们，如果爱情消失了，我们还会有亲情和友情，只要有足够的智慧，不愁“白头偕老”。

生物学家的非洲动物观察报告说，群居的黑猩猩中，有时候会有一只雄黑猩猩叱退群雄，带着一只自己迷恋上的雌黑猩猩，隐没到丛林深处讨生活。

一九九六年十月　上海青浦

艺术与催眠

不知道动物是不是，反正人类是很容易被催眠的。我猜动物不被催眠，它们必须清醒准确，否则生存就有问题了。腿上睡了一只猫，你抚摸它，它“幸福”地闭上眼，一会儿就打起呼噜来，好像被主人催眠了。可是一旦有什么风吹草动，它立刻就反应，从你的腿上一跃而下，显出猫科的英雄本色，假虎假豹一番，而主人这时却在心里埋怨自己的宠物“真是养不熟的”。狗也是这样，不过狗的名声比猫好，就是它“忠”，“养得熟”，养得再熟，如果它对风吹草动毫无反应，人也会怨它，我写过一篇小说，说有一天人成了动物的宠物，结果比人是主人有意思得多。

前两三年，台湾兴过一阵“前世”热。起因是一个美国人，魏斯（Brian L. Weiss），耶鲁大学的医学博士，迈阿密西奈山医学中心精神科主任，他写了一本书*Many Lives, Many Masters*，声称通过他的催眠，被催眠者可以真的看到他或她的前世是什么人。台湾一个出版社将魏斯的这本书翻译成中文，名《前世今生——生命轮回的前世疗法》，造成轰动，两年就卖了超过四十万本，而《前世今生》的原文版在美国六年才卖到四十万本。

我在台北打开电视的时候，正好让我看到台北的“前世今生催眠秀”。“秀”是show，节目的意思，被催眠的人中，不少是各类明星。现场很热烈。

严格说来，这是那种既不容易证为真，也不容易证为伪的问题。世界范围里历来有过不少轰动一时的“前世”案例，比如一九五六年风靡美国的畅销书《寻觅布莱德伊·莫非》（*The Search for Bridey Murphy*），至今还可以在旧书店碰到这本书，说是催眠师伯恩施坦因将露丝·席梦思深度催眠，结果这位家庭妇女用爱尔兰口音的英语讲出她的前世：一七九八年十二月二十日生于爱尔兰的寇克镇，名字叫布莱德伊·莫非。席梦思讲的前世都很有细节，而且前世的死期也很具体，享年六十六岁。

当时连载此书部分内容的《丹佛邮报》在轰动的情况下，派记者巴克尔去爱尔兰寻证“布莱德伊·莫非”，结果是有符合的有不符合的，比如席梦思提到的两个杂货商的名字和一种两便士的硬币就是符合的，而她提到她前世的丈夫执教的皇后大学，当时是学院。

事情愈发轰动，质疑者也不少，《丹佛邮报》的对手《芝加哥美国人报》就是怀疑者，于是也发起调查。不过《芝加哥美国人报》采取的是去找“露丝·席梦思”，调查的结果是露丝就住在芝加哥，有个从爱尔兰移民来的婶子，爱叨唠爱尔兰的种种事情；露丝家的对面也住着一个爱尔兰女人，婚前正是姓莫非，结论不免是露丝在深度催眠下讲出的前世，是她日常所听的再综合。《寻觅布莱德伊·莫非》立刻自畅销榜上掉落。

十几年后，六十年代末英国又出了一个轰动的“前世”案例，说是南威尔士有个催眠师布洛克山姆（A. Bloxham）给一个叫简·依万丝的家庭主妇进行深度催眠并录了音，结果简回忆出自己的七个前世，从古罗马时代的家庭主妇一直到现在的美国爱荷华的修女，非常惊人，于是英国 BBC 广播电视节目的制作人埃佛森（J. Iverson）制作了布洛克山姆的催眠录音带节目。

埃佛森在节目中记录了他对简所说过的一切的调查。简所说的七个前世的时代的历史学者都认为简的叙述具有可观的知识，可是简说自己的历史知识程度只到小学。简曾叙说她的前世之一，一一九〇年是一个曾在约克某教堂的地窖里躲避杀害的犹太妇女，根据描述，埃佛森认为那个教堂应该是圣玛丽亚教堂，可是约克一带的中世纪教堂都没有地窖，除了约克大教堂，但简否认是约克大教堂。

一九七五年春天，圣玛丽亚教堂整修为博物馆时，在圣坛下发现了一个房间，曾经是个地窖！精彩吧？

不过，威尔森（I. Wilson）在《脱离时间的心智》（*Mind Out of Time*）这本书里对上述提出质疑。他举了一个例子，说有一位 C 小姐被催眠后，回忆自己前世曾是理查二世时代女伯爵毛德（Maud）的好朋友，查证之下，C 小姐对当时的细节描述相当准确，不过 C 小姐声明她从来没读过相关的书。可惜 C 小姐后来泄漏了一个名字“E. 霍特”，追查之下，原来有个爱米丽・霍特（Emily Holt）写过一本《毛德女伯爵》，C 小姐的描述与书的内容一模一样。

我认为 C 小姐不是要说谎，她只是将遗忘了的阅读在催眠状态下又回忆出来了。所以当我听到“台北催眠秀”里的明星们在催眠中叙说的“前世”差不多都是某外国公主、贵妇，我猜她们日常最动心的读物大概是“白马王子”，也是西方古代“纯情片”的票房支持者。

被催眠后，人的回忆力增强。美国有个马尔库斯（F. L. Marcuse）博士写过一本《催眠：事实与虚构》（*Hypnosis: Fact and Fiction*），书里提到一个例子，说有个囚犯因为遗产的事需要找到他的母亲，但是他从小就离开家乡了，结果怎么也想不起来家乡在哪里，而且连在哪个州都忘了。监狱里的医生于是将他催眠，让他回到小时候的状态，但还是想不起来。不过这个囚犯却想起来小时候搭过火车，医生就叫他回想站上播音器报站的声音，于是在催眠的诱导下，小站站名的发音浮现脑海，可惜叫这个名字的站全美有六个。不料囚犯又想起来家乡小镇上一个家族的姓，结果站名和姓，让他最终找到了母亲。

催眠能帮助成年人回忆出他们幼儿园时期的老师和小朋友的名字，当然，你也猜到了，催眠也可以诱导受害者或目击者回忆出不少现场细节，帮助警方破案。

一九九四年初美国加州有个案子，是一个叫荷莉的女子因为厌食症求医，医生伊莎贝拉告诉荷莉，百分之八十的厌食症是因为患者小时候受过性侵犯。结果荷莉后来想起自己五到八岁时被父亲葛利骚扰、强暴过十多次。伊莎贝拉在罗斯医生的协助下，用催眠药催眠荷莉，荷莉于是在催眠状态下回忆起被父亲强暴的更多细节。

催眠后的第二天，荷莉开始当面指控父亲，隔天，荷莉的母亲要求离婚。事情闹开了，葛利工作的酒厂解雇了葛利。

觉得莫名其妙的葛利，一状告到法院，控告伊莎贝拉和罗斯催眠他的女儿，将乱伦的想法输入她脑中。法院举行了听证会，哈佛大学的厌食症专家说儿童期遭到的性骚扰与厌食症的发展没有关系，宾夕法尼亚大学的心理系教授则认为催眠不具确定真相的功能，但是病人会变得敏感，结果是法庭判两位医生“无恶意，但确有疏忽”，赔偿葛利先生五十万美元。

因为美国这类官司每年大概有三百件，所以有一群蒙受过不白之冤的人成立了一个基金会，专门协助控告“胡乱植入记忆”的医生。

因此催眠虽然会增强人的记忆力，但是人也会在被暗示的催眠状态下产生虚构和扭曲，出现极为尴尬的结果。法国是搞催眠研究比较早的国家，因此法国法院不许催眠资料作为证据，美国大多数法院也规定如此。

前面提到的马尔库斯的那本书里，还有一个有意思的案例是讲有个男子常常会冒出一段自己也不明白的话来，听来像一种古代语言，譬如我们突然听到“制书律不分首从拟斩监候”的感觉。细查之下，有本书里真有那样一段话，这个男子在图书馆里偶然看到过一眼。

有一种催眠学英语的方法，据说效率非常之高。我没有去试过，我怕被误植了一些莫名其妙的东西在脑里，改就难了。有一个美国人当面向我指出过《洛杉矶时报》的一些拼写错误。我只不过是个写书的，又不必“打入主流社会”（天，“融入”已经能叫人假笑得脸都麻了，“打入”会是一副什么嘴脸呢），日常在舌头上滚来滚去的就是那么多词儿，应付个警察，打个问讯足够了，碰到不懂的，知之为知之，不知为不知，谁还能宰了你？

扯远了，回来说催眠。俄国的催眠学家瑞伊阔夫（V. Raikov）在六十年代（那时还是苏联）以一百六十六个容易进入深度催眠的小有艺术基础的人为实验对象，分别暗示他们是某某艺术大师。结果这些人在有了新的“身份”之后，不再对自己原本的名字有反应，甚至对镜子里的自己都不认识了。瑞伊阔夫让他们在催眠状态下画画儿、拉琴、下棋，结果下棋者的棋术令前世界国际象棋王塔尔（M. Tal）印象深刻，画画儿者的画很有拉斐尔的样子，拉提琴者的演奏像极了克莱斯勒。瑞伊阔夫据此在莫斯科举办过“催眠画展”。

而且，现代“心理神经免疫学”开始注意到一个人的心理状态怎样影响其神经系统和免疫系统，其实古希腊就有祭司暗示病人“会在梦中见到神，神会有指示”的疗病法，中国的《黄帝内经》则实在得多，不涉及神。

米瑞思（A. Meares）提到过一个催眠案例，说有个人患有严重的皮炎，长时间治疗都不能改变，他一天到晚看着自己的皮炎，非常沮丧。后来米瑞思为他施行催眠疗法，暗示他你的那些东西开始消失了，消失得越来越多，当你看到它们消失的时候，你的胳膊就垂下来了。经过两次催眠疗法，这个人的皮炎开始有改善，病好了。

鲁迅嘲笑过中医药方里的药引子，讽刺说蟋蟀也要原配的。中国草医也有不少偏方，比如我父亲得了肝炎，有个偏方说要找一片南瓜叶，上面要有七颗家雀儿，也就是麻雀的屎，吃了就好了。天，到哪里能找到？夏天收留个小雄蛐蛐儿，再留个“童养媳”，秋天一定是原配，可是一张叶子上正好落了七颗麻雀屎，这麻雀岂不都成了 NBA 里的乔丹？另有一个治肝炎的药引子是生吞一只活的癞蛤蟆，我父亲想了很久，说他吞不下去。不过，如果你去找那样一张南瓜叶，因其难找，找的心情必是“诚”的，催眠的结果必能调动你的生理机能；如果你真的吞下一只活蛤蟆，自我催眠的效果也真就到了极限，“包治百病”，何只区区一个肝的发炎。

我当年做知青的时候，乡下缺医少药。有个上海来的知青天天牙痛，听说山上有个寨子里有个巫医会治牙痛，择日我们一伙人就上去了，走了几个钟头，大汗淋漓，到了。巫医倒也有个巫医的样子，说取牛屎来，糊上，在太阳底下晒，把牙里的虫拔出来就好了。景象当然不堪，可天天牙痛更不堪，于是脸上糊了牛屎，在太阳底下曝晒。牛屎其实不脏的，因为牛的消化吸收能力太强了，又是反刍细嚼慢咽，否则怎么会吃进去的是草，挤出的是奶？又怎么会出大力替人受罪犁田拉车？牛屎在蒙古是宝，烧饭要靠它，火力旺，烧完了只有一点灰，烧得很充分，又很干净。

好，终于是时候到了，巫医将干了的牛屎揭下来，上海来的少年人一脸的汗，但牙不痛了。巫医指着牛屎说，你看，虫出来了。我们探过头去看，果然有小虫子。屎里怎么会没有虫？没有还能叫屎吗？

不要揭穿这一切。你说这一切都是假的，虫齿牙不是真有虫，天天牙痛是因为牙周炎。好，你说得对，科学，可你有办法在这样一个缺医少药的穷山沟儿里减轻他的痛苦吗？没有，就别去摧毁催眠。只要山沟儿里一天没有医，没有药，催眠就是最有效的，巫医就万岁万万岁。回到城里，有医有药了，也轮不到你讲科学，牙医讲得比你更具权威性。

神、鬼、怪，不可证明它们是否实在。中世纪的神学要证明上帝的实在，是帮倒忙，毁上帝，不过倒由这个实证引发了文艺复兴的科学精神。宗教是人类的精神活动，非关实证。不少著名的科学家周末会去做礼拜，不少神职人员也在科技刊物上发表科学论文，宗教的归宗教，科学的归科学。科学造成的“信”与宗教的“信”，不是同一个“信”。

权威带有催眠的功能。老中医搭过脉后，心中有数，常常给那些没有什么病的人开些例如甘草之类无关痛痒的药，认真嘱咐回去如何煎，先煎什么后煎什么，分几次煎，何时服用，“吃了就好了”。吃了真就好了。西医也会同理认真开些“安慰剂”，也是吃了真就好了。如果我来照行其事，吃了白吃，因为我不具医生资格，天可怜见，我连赤脚医生都没做过。小学生信老师而不信家长，常常是家长比老师马脚露得多，权威先塌掉了。

发明“图像凝视法”的西蒙顿治疗癌症病人时，除了正规下药理疗，同时要病人想象有数百万道光芒正在杀向癌细胞。报告上说，正规疗法配合此法，癌症病人存活月数增加一倍，少数病人的肿瘤有缓解。我们不是也经过什么“鸡血疗法”、“甩手疗法”、“喝水疗法”吗？我母亲有一次开刀，正赶上“针刺麻醉”盛行，被说服了，上了手术台，一刀下去，“麻什么麻，疼啊！可是有外宾参观，咱们一个党员，怎么好说实话呢？”关云长刮骨疗毒还要拉个人下棋转移痛点注意力呢。

催眠可以用来减少主观的痛感。牙科和生孩子都有心理预期的“痛”，医生采取催眠抑制主观的“痛”以后，真正的痛觉也会迟钝。我记得汤沐黎画过一幅歌颂针刺麻醉的油画，里面好像有个正在念《毛主席语录》的护士，这应该是中国绘画史上对具体催眠手段的正式记录，挺有历史意义的。

“无产阶级文化大革命”是一次成功的催眠秀，我们现在再来看当时的照片、纪录片、宣言、大字报、检讨书等等，从表情到语言表达，都有催眠与自我催眠的典型特征。八次检阅红卫兵，催眠场面之大，催眠效果之佳之不可思议，可以成为世界催眠史上集体催眠的典范之一。我和两个朋友当年在北京看过一本关于催眠的书，免不了少年气盛，议论除了导师舵手领袖统帅，完全够格再加个催眠师。

后来做知青的时候，遇到出大力的苦活儿累活儿，所谓“大会战”，照例是要集体念语录催眠的，像“一不怕苦，二不怕死”，还有“下定决心，不怕牺牲”等等。说实在的，苦和死，怕与不怕都一样，活儿总是要干的，逃不掉。我认为人类进步的一大动力就是怕苦，于是想方设法搞一点减轻劳苦的花招儿，轮的发明，杠杆的利用，看来看去无一不是怕苦的成果。我利用电脑写东西，理由就是可以免去抄稿之苦。

凡流行的事物，都有催眠的成分在。女人们常常不能认识自己的条件而乱穿戴，是时装宣传的成功同时也是自我催眠的成功。

催眠是人类的一大能力，它是由暗示造成的精神活动，由此而产生的能量惊人。艺术呢，本质上与催眠有相通的地方。

我在几年前出的《闲话闲说》聊到过艺术与催眠，不妨抄一下自己：

> 依我之见，艺术起源于母系时代的巫，原理在那时候大致确立。文字发明于父系时代，用来记录母系创作的遗传，或者用来篡改这种遗传。
>
> 为什么巫使艺术发生呢？因为巫是专职沟通人神的，其心要诚。表达这个诚的状态，要有手段，于是艺术来了，诵、歌、舞、韵的组合排列，色彩，图形。
>
> 巫是专门干这个的，可比我们现在的专业艺

术家。什么事情一到专业地步，花样就来了。

巫要富灵感。例如大瘟疫，久旱不雨，敌人来犯，巫又是一族的领袖，千百只眼睛等着他，心灵脑力的激荡不安，久思不获，突然得之，现在的诗人们当有同感，所谓创作的焦虑或真诚。若遇节令、大收获、产子等等，也都要真诚地祷谢。这么多的项目需求，真是要专业才应付得过来。

所以艺术在巫的时代，初始应该是一种工具，但成为工具后，巫靠它来将自己催眠进入状态，继续产生艺术，再将其他人催眠，大家共同进入一种催眠的状态。这种状态，应该是远古的真诚。

宗教亦是如此。那时的艺术，是整体的，是当时最高的人文状态。

艺术最初靠什么？靠想象。巫的时代靠巫想象，其他人相信他的想象。现在无非是每个艺术家都是巫，希望别的人，包括别的巫也认可自己的想象罢了。

艺术起源于体力劳动的说法，不无道理，但专业与非专业是有很大的区别的，与各人的先天素质也是有区别的。灵感契机人人都会有一些，但将它们完成为艺术形态并且传下去，不断完善修改，应该是巫这种专业人士来做的。

……

应该说，直到今天艺术还处在巫的形态里。

你们不妨去观察你们搞艺术的朋友，再听听他们或真或假的“创作谈”，都是巫风的遗绪。当然也有拿酒遮脸借酒撒疯的世故，因为“艺术”也可以成为一种借口。

……

当初巫对艺术的理性要求应该是实用，创作时则是非理性。

话是引得有些颠三倒四，事情也未必真就是这样，但意思还算明白。

艺术首先是自我催眠，由此而产生的作品再催眠阅读者。你不妨重新拿起手边的一本小说来，开始阅读，并监视自己的阅读。如果你很难监视自己的阅读，你大概就觉到什么是催眠了。

如果你看到哪个评论者说“我被感动得哭了”，那你就要警惕这之后的评论文字是不是还在说梦里的话。

有些文字你觉得很难读下去，这表明作者制造的暗示系统不适合你已有的暗示系统。

先锋或称前卫艺术，就是要打破已有的阅读催眠系统。此前大家所熟悉的“间离”，比如一出戏，大家正看得很感动，结果跑出来个煞风景的角色，说三道四，让观众从催眠状态中醒过来。台湾的“表演工作坊”有出舞台剧叫《暗恋桃花源》，用戏中的两个戏不断互相间离，让观众出戏入戏得很过瘾。可惜《暗恋桃花源》后来拍成电影时，忘了电影也是一个催眠系统，结果一出间离的好戏被电影像棉被包起来打不破，糟蹋了。先锋艺术虽然打破了之前的催眠系统，必然又形成新的催眠系统，比如大家熟悉的“意识流”，于是就有新先锋来打破旧先锋形成的催眠系统，可是好像还没有谁来间离“意识流”。

不过，以“新”汰“旧”很难形成积累。一味淘汰的结果会是仅剩下一个“新”，太无趣。积累是并存，各取催眠系统，好像逛街，这就有趣了。

音乐是很强的催眠，而且是最古老的催眠手段，孔子将“礼”和“乐”并重，我们到现在还能在许多仪式活动中体会得到。孔子又说过听了“韶乐”之后，竟“三月不知肉味”，这是典型的催眠现象，关闭了一些意识频道。

法国的普鲁斯特写过一部《追忆似水年华》，用味道引起回忆往事的过程，正是以“暗示”进入自我催眠的绝妙叙述。

电影是最具催眠威力的艺术，它组合了人类辛辛苦苦积累的一切艺术手段，把它们展现在一间黑屋子里，电影院生来就是在模仿催眠师的治疗室。灯一亮，电影散场了，注意你周围人的脸，常常带着典型的催眠后的麻与乏。也有兴奋的，马上就有人在街上唱出电影主题歌，模仿出大段的对白，催眠造成的记忆真是惊人。当然，也有人回去裹在被子里暗恋不已。

电视好一些，摆在明处，周围的环境足以扰乱你进入深度催眠。但是人的自我催眠的能力实在太强了，哪儿都不看，专往屏幕上看，小孩子还要站得很近地看，遭父母呵斥。

自我催眠还会使人产生多重人格。作家在创作多角色的小说时，会出现这种情况，而评论家则喜好判断那些角色的人格是否完整，或者到底哪个角色的人格是作者的人格，或者作者的人格到底是什么样的。敏感的读者常常也做这类的判断。我猜现在常搞的作家当场签名售书的时候，赶去的读者一定带有一部分鉴别“假劣伪冒”的心情。我前些年也让书商弄过两三次这类活动，结果是读者很失望，看来我实属“假劣伪冒”。

有个要领奖的朋友问我“领奖时如何避免虚伪与虚荣？”这个难题可比昆德拉的“媚俗”，你怎么做都是“媚俗”，连不做都是“媚俗”。我说，观察，观察观众，观察颁奖人，观察司仪，观察环境，也观察你自己。这实际是一个造成两重人格的方法，将冷静的一重留给“自己”，假如颁奖现场发生火灾，你会是最先发现的。

成熟的演员是最熟练的多重人格创造者，当然有些人也会走火入魔到扮演的那一重人格里，失去监视的人格，搞得回不过神儿来，不思饮食，所谓陷入深度自我催眠。催眠案例中，有的被催眠者并非是失去全部的“自我意识”，他们常常有一个意识频道是清醒的，看着自己干着急。老托尔斯泰曾经说他原本并没有安排安娜自杀，可是安娜“自己”最后自杀了，他拿她没有办法。

我实在想说，审美也许简单到只是一种催眠暗示系统。

美国的精神卫生署在八十年代研究过“多重人格”者，发现他们的脑波随人格的转换而不一样。巫婆神汉常常做“灵魂附体”的事，说起来是在做多重人格的转换，你在证明那是真的时候，先要检查一下你自己是否被催眠和自我催眠。赵树理在《小二黑结婚》里写小芹的娘是个巫婆，降神的同时还在担心锅里的“米烂了”，七十年代我在鄂西的乡下见到的一个神汉就敬业多了，灵魂屡不附体之后，他悄悄嚼了一些麻叶。他大概是累了，那时候天天学大寨，没有农闲，降灵又是非法的。

也许你们应该意识到：我写的这些文字是不是也有催眠的意味呢？

一九九六年十二月 上海青浦

魂与魄与鬼及孔子

读中国小说，很久很久读不到一种有趣的东西了，就是鬼。这大概是要求文学取现实主义的结果吧。

可鬼也是现实。我的意思是，我们心里有鬼。这是心理现实，加上主义，当然可以，没有什么不可以。

不少人可能记得六十年代初有过一个“不怕鬼”的运动，可能不是运动，但我当时年纪小，觉得是大人又在搞运动，而且出了一本书，叫《不怕鬼的故事》。这本书我看过，看过之后很失望，无趣，还是去听鬼故事，怕鬼其实是很有趣的。后来长大了，不是不怕鬼，而是不信鬼了，我这个人就变得有些无趣了。

怕鬼的人内心总有稚嫩之处，其实这正是有救赎可能之处。中国的鬼故事，教化的功能很强并且确实能够教化，道理也在这里。不过教化是双刃剑，既可以安天下，醇风俗，又可以“天翻地覆慨而慷”，中国“无产阶级文化大革命”能够发动，有一个原因是不少人真的听信“资产阶级上台，千百万颗人头落地”，怕千百万当中有一颗是自己的。结果呢，结果是不落地的头现在有十二亿颗了。

中国文学中，魏晋开始的志怪小说，到唐的传奇，都有笔记的随记随奇，一派天真。鬼故事而天真，很不容易，后来的清代蒲松龄的《聊斋志异》，虽然也写鬼怪，却少了天真。

我曾因此在《闲话闲说》里感叹到莫言：

> 莫言也是山东人，说和写鬼怪，当代中国一绝，在他的家乡高密，鬼怪就是当地世俗构成，像我这类四九年后城里长大的，只知道“阶级敌人”，哪里就写过他了？我听莫言讲鬼怪，格调情怀是

唐以前的，语言却是现在的，心里喜欢，明白他是大才。

八六年夏天我和莫言在辽宁大连，他讲起有一次回家乡山东高密，晚上近到村子，村前有个芦苇荡，于是卷起裤腿涉水过去。不料人一搅动，水中立起无数小红孩儿，连说吵死了吵死了，莫言只好退回岸上，水里复归平静。但这水总是要过的，否则如何回家？家又就近在眼前，于是再蹚到水里，小红孩儿们则又从水中立起，连说吵死了吵死了。反复了几次之后，莫言只好在岸上蹲了一夜，天亮才涉水回家。

这是我自小以来听到的最好的一个鬼故事，因此高兴了很久，好像将童年的恐怖洗净，重为天真。

中国文学中最著名的鬼怪故事集应该是《聊斋志异》，不过也因此让不少人只读《聊斋志异》，甚至只读《聊斋志异》精选，其他的就不读或很少读了，比如同是清代的纪晓岚的《阅微草堂笔记》。

《阅微草堂笔记》与《聊斋志异》不同。《聊斋志异》标明全是听来的，传说蒲松龄自备茶水，请人讲，他记录下来，整理之后，加“异史氏曰”。我们常常不记得“异史氏”曰了些什么，但是记住了故事。这也不妨是个小警示，小说中的议论，读者一般都会略过，读者如逛街的人，他们看的是货色，吆喝不大听的。

《阅微草堂笔记》则是记录所见所闻，你若问这是真的吗？纪晓岚会说，我也嘀咕呢，可我就是听人这么说的，见到的就是这样。所以纪晓岚常常标明讲述者，目击的地点与时间。鲁迅先生常常看《阅微草堂笔记》，我小时候不理解，随着年龄的增长，渐渐懂了。《阅微草堂笔记》的细节是非文学性的，老老实实也结结实实。汪曾祺先生的小说、散文、杂文都有这个特征，所以汪先生的文字几乎是当代中国文字中仅有的没有文艺腔的文字。

明清笔记中多是这样。这就是一笔财富了。我们来看看是怎么样的一笔财富。

《阅微草堂笔记》记载了这样一个故事，说是乾隆年间，户部员外郎长泰公家里有个仆人，仆人有个老婆二十多岁，有一天突然中风，晚上就死了。第二天要入殓的时候，尸体突然活动，而且坐了起来，问“这是什么地方？”

死而复活，大家当然高兴。但是看活过来的她的言行作态，却像个男人，看到自己的丈夫也不认识，而且不会自己梳头。据她自己说，她本是个男子，前几天死后，魂去了阴间，阎王却说他阳寿未尽，但须转为女身，于是借了个女尸还魂。

大家不免问他以前的姓名籍贯，她却不肯泄露，说事已至此，何必再辱及前世。

最初的时候，她不肯和丈夫同床，后来实在没有理由，勉强行房，每每垂泪至天明。有人听到过她说自己读书二十年，做官三十年，现在竟要受奴仆的羞辱。她的丈夫也听她讲梦话说积累了那么多财富，都给儿女们享受了，钱多又有什么用？

长泰公讨厌怪力乱神，所以严禁家人将此事外传。过了三年多，仆人的死而复活的老婆郁郁成疾，终于死了，但大家一直不知道她是谁来附身。

用白话文复述这个故事最大的困难在于“她”与

“他”的分别，不过我们可以用“他”来指说魂，用“她”来指说魄。魂是精气神，魄是软皮囊，所以“魂飞魄散”，一个可以飞，一个有得散。

清朝的吴炽昌在《客窗闲话》里记载了一个故事，说有个翩翩少年公子，随上任做县官的父亲去四川。不料过险路时马惊了，少年人坠落崖底，魂却一路飘到山东历城县的一个村子，落到这个村子一个刚死的男人的尸体里，大叫一声：“摔死我啦！”

他醒来后看到周围都是不认识的人，一个老太婆摸着他说：“我儿，你说什么摔死我了？”公子说：“你是什么人敢叫我是你儿子？”周围的人说：“这是你娘你都不认得了？”并且指着个丑女人说“这是你老婆”，又指着个小孩说“这是你儿子”。

公子说：“别瞎说了！我随我父亲去四川上任，在蜀道上落马掉到崖底。我还没有娶妻，哪里来的老婆？更别说儿子了！而且我母亲是皇上敕封的孺人，怎么会是这个老太婆？”

周围的人说：“你别说昏话了，拿镜子自己照照吧！”公子一照，看到自己居然是个四十多岁的麻子，就摔了镜子哭起来：“我不要活了！”大家听了是好气又好笑。

公子饿了，丑老婆拿糠饼来给他吃，公子觉得难以下咽，于是掉眼泪。丑老婆说：“我和婆婆吃树皮吃野菜，舍了脸皮才向人讨了块糠饼子给你吃，你还要怎么着呢？”公子将她骂出门外，看屋内又破又脏，想到自己一向华屋美食，恨不得死了才好。晚上老婆领着小孩进来睡觉，公子又把他们骂出去。婆婆只好叫母子两个同她睡。

第二天，一个老头来劝公子，说：“我和你是老哥们儿了，你现在变成这样，我看乡里不能容你这种不孝不义之人，你可怎么办呢？”公子哭着说：“你听我的声音，是你朋友的声音吗？”老头说：“声音是不一样了，可人还是一样啊。我知道你是借尸还魂，可你现在既然是这个人，就要做这个人该做的事，就好像做官，从高官降为低官，难道你还要做高官的事吗？”

公子明白是这么回事，就请教以后该如何办。老头说：“将他的母亲作你的母亲待，将他的儿子当你的儿子养，自食其力，了此身躯。”公子说自己过去只会读书，怎么养家糊口？老头就想出一个办法，说麻子原来不识字，死而复生居然会吟诗做文，宣扬出去，来看的人会很多，办法就有了。

公子按着去做，果然来看怪事的人很多。公子趁机引经据典，很有学问的样子，结果就有人到他这里来读书。公子能开馆教书，收入不错，足以养家，只是他借住在庙里，不再回家，家里人既得温饱，也就随他。

后来公子考了秀才，正好有个人要到四川去，他就写一封信托人带去给父亲。公子的父亲见了信，觉得奇怪，但还是寄了旅费让公子来见一见。

公子到了四川家里，父母见他完全是另一个人，不愿意认他，两个哥哥也说他是冒牌的。公子细述以前家里的一应细节，父亲倒动了心，可是母亲和两个哥哥执意要赶他走。父亲想，这样的话即使留下来，家里也是摆不平，只好偷偷给了他两千两银子，要他回山东去。

从世俗现实来说，看来我们中国人看肉身重，待灵魂轻。再进一步则是“只重衣冠不重人”，连肉身都不重要了，灵魂更无价值。上面两个灵魂附错体的故事，让我们的司空见惯尖锐了一下。说起来，公子还是幸运的，到底附了个男身，不但可以骂老婆，还考了个秀才有了功名，而那个不肯说出前身的男魂，因为附了女身，糟糕透顶，可见不管有没有灵魂，只要是女身，在一个男权社会里就严重到“辱及前世”，还要“每每垂泪到天明”。纪晓岚的这则笔记，女性或女权主义者可以拿去用，不过不妨看了下面一则笔记再说。

清代大学者俞樾在《右台仙馆笔记》里录了个故事，说中牟县有兄弟俩同时病死，后来弟弟又活了，却是哥哥的魂附体。弟弟的老婆高兴得不得了，要带丈夫回房间。丈夫认为不可以，要去哥哥的房间，嫂子却挡住房门不让他进。附了哥哥的魂的弟弟只好搬到另外的地方住，先调养好病体再说。

十多天后，弟弟觉得病好了，就兴冲冲地回家去。不料老婆和嫂子都避开了，这个附了哥哥魂的人只好出家做了和尚。

上举三则笔记都太沉重了些，这里有个笑里藏“道”的。也是清朝人的梁恭辰在《池上草堂笔记》里有一则笔记，说李二的老婆死了，托梦给李二，讲自己转世投了牛胎，托生为母牛，如果李二还顾念夫妻情分，就把她买回家。李二于是按指点去买了这头母牛回来，养在家中后院。但是这头母牛却常常跑出去，在大庭广众之中与邻居的公牛交配，李二也只好眼睁睁地瞧着。

民间如此，官方怎么样呢？史中记载，大定十三年，尚书省奏，宛平县人张孝善有个儿子叫张合得，大定十二年三月里的一天得病死亡，不料晚上又活过来。活了的张合得说自己是良乡人王建的儿子王喜儿。勘查后，良乡确有个王建，儿子王喜儿三年前就死了。官府于是让王建与张合得对质，发现张合得对王家的事知道得颇详细，看来是王喜儿借尸还魂，于是准备判张合得为王建的儿子。但事情超乎常理，于是层层上报到金世宗，由最高统治者定夺。

金世宗完颜雍的决定是：张合得判给王建，那么以后就会有人借这个判例作伪，用借尸还魂来搅乱人伦，因此将张合得判给张孝善才妥善。

这让我不禁想起孔子的“不语怪力乱神”。我小时候凭这一句话认为孔子真是一个有科学精神的人，大了以后，才懂得孔子因为社会的稳定才实用性地“不语怪力乱神”。《论语》里的孔子是有怪力乱神的事迹的，但孔子不语怪力乱神的实用态度最为肯定。“敬鬼神而远之”，话说得老老实实；“未知生，焉知死”，虽然可商榷，但话说得很噎人。

《孔子家语》里记载子贡问孔子“死了的人，有知觉还是没有”。孔子的学生里除了颜回，其他人常常刁难他们的老师，有时候甚至咄咄逼人，我们现在如果认为孔子的学生问起话来必然恭恭敬敬，实在是不理解春秋时代社会的混乱。孔子的几次称赞颜回，都透着对其他的学生的无奈而小有感慨。大概除了颜回，孔子的学生们与社会的联系相当紧密，随便就可以拎出个流行问题难为一下老师。这可比一九七七年后考入大学的老三届，手上有一大把早有了自己的答案的问题，问得老师心惊肉跳。

子贡的这一问，显然是社会中怪力乱神多得不得了，而孔子又不语怪力乱神，于是子贡换了个角度来敲打老师。

孔子显然明白子贡的心计，就说："我要是说有呢，恐怕孝子贤孙们都去送死而妨害了生存；我要是说没有呢，恐怕长辈死了不孝子孙连埋都不肯埋了。你这个子贡想知道死人有没有知觉，这事不是现在最急的，你要真的想知道，你自己死了不就知道了吗？"

子贡怎么反应，没有记载，恐怕其他的学生幸灾乐祸地正向子贡起哄呢吧，都不是省油的灯啊。

好像还是《孔子家语》，还是这个子贡，有一次将一个鲁国人从外国赎回鲁国，因此被鲁国人争相传颂夸奖，子贡一下子成了道德标兵。孔子听到了，吩咐学生说，子贡来了你们挡住他，我从此不要见这个人。子贡听说了就慌了，跑来见孔子。

大概是学生们挡不住子贡，所以孔子见到子贡时还在生气，说："子贡你觉得你有钱是不是？"子贡是个商业人才，手头上很有点钱，孔子的周游列国，经济上子贡贡献不菲，"鲁国明明有法律，规定鲁国人在外国若是做了奴隶，得到消息之后，国家出钱去把他赎回来，你子贡有钱，那没钱的鲁国人遇到老乡在外国做了奴隶怎么办？你的做法，不是成了别人的道德负担了吗？”

孔子的脑筋很清晰。哪个学生我忘记了，问孔子“为什么古人规定父母去世儿子要守三年的丧？”孔子说：“你应该庆幸有这么个规定才是。父母死了，你不守丧，别人戳脊梁，那你做人不是很难了吗？你悲痛过度，守丧超过了三年，那你怎么求生计养家糊口？有三年的规定，不是很方便吗？”

孔子死后，学生中只有子贡守丧超过三年，守了六年。以子贡这样的商业人才，现在的人不难明白六年是多大的损失。好像是曾参跑来怪子贡不按老师生前的要求做，大有你子贡又犯从前赎人那种性质的错误了。子贡说，老师生前讲过超出与不足都是失度（度就是中庸），我觉得我对老师感情上的度，是六年。

屡次被孔子骂的子贡，是孔子最好的学生。颜回是不是呢？我有点怀疑，尽管《论语》上明明白白记载着孔子的夸奖。

不过扯远了，我是说，我喜欢孔子的入世，入得很清晰，有智慧，含幽默，实实在在不标榜。道家则总有点标榜的味道，从古到今，不断地有人用道家来标榜自己，因为实在是太方便了。我曾在《棋王》里写到过一个光头老者，满口道禅，捧起人来玄虚得不得了，其实是为遮自己的面子。我在生活中碰到不少这种人，还常常要来拍你的肩膀。汪曾祺先生曾写过篇文章警惕我不要陷在道家里，拳拳之心，大概是被光头老者蒙蔽了。

不过后世的儒家，实用到主义，当然会非常压制人的本能意识，尤其是一心只读圣贤书的人。这必然会引起反弹，明清的读书人于是偏要来谈怪力乱神，清代的袁枚，就将自己的一本笔记作品直接名为《子不语》。我们也因此知道其实说什么不要紧，而是为什么要这么说。

还有篇幅，不妨再看看明清笔记中还有什么有趣的东西。

梁恭辰在《池上草堂笔记》里记了个故事，说衡水县有个妇人与某甲私通而杀了亲夫，死者的侄子告到县衙门里去。某甲贿赂验尸的仵作，当然结果是尸体无伤痕，于是某甲反告死者的侄子诬陷。这个侄子不服，上诉到巡按，巡按就派另一个县的县令邓公去衡水县复审。邓公到了衡水县，查不出证据，搞不出名堂。

晚上邓公思来想去，不觉已到三更时分，蜡烛光忽然暗了下来。阴风过后，出现一个鬼魂，跪在桌案前，啜泣不止，似乎在说什么。

邓公当然心里惊惧，仔细看这个鬼魂，非常像白天查过的那具尸体，鬼魂的右耳洞里垂下一条白练。

邓公忽然省悟，就大声说："我会为你申冤的。"鬼魂磕头拜谢后就消失了，烛光于是重放光明。

次日一早，邓公就找来衡水县县令和仵作再去验尸。衡水县令笑话邓公说："都说邓公是个书呆子，看来真是这样。这个人做了十年官，家里竟没有积蓄，可知他的才干如何，像这种明明白白的案子，哪里是他这样的人可以办的！"

话虽这样说，可是也不得不去再验一回尸体。到了停尸房，邓公命人查验尸体的右耳。仵作一听，大惊失色。结果呢，从尸体的右耳中掏出有半斤重的棉絮。

邓公对衡水县县令说："这就是奸夫淫妇的作案手段。"妇人和某甲终于认罪。

这个故事，中国人很熟悉，包公案，狄公案，三言二拍中都有过，只不过作案的手段有的是耳朵里钉钉子，有的是鼻子里钉钉子，还有的是头顶囟门钉钉子，几乎世界各国都有这样的作案手段，我要是个验尸官，免不了会先在这些经典位置找钉子。

破案的路径差不多都是托梦，鬼魂显形，《哈姆雷特》也是这样，只不过凶手是往耳朵里倒毒药，简直是比较犯罪学的典型材料。你要是对这则笔记失望的话，不妨来看看纪晓岚的一则。

《阅微草堂笔记》里有一则笔记说总督唐执玉复审一件大案，已经定案了。这一夜唐执玉正在独坐，就听到外面有哭泣声，而且声音越来越近。唐执玉就叫婢女去看看怎么回事。婢女出去后惊叫，接着是身体倒地的声音。

唐执玉打开窗一看，只见一个鬼跪在台阶下面，浑身是血。唐执玉大叫："哪里来的鬼东西！"鬼磕头说："杀我的人其实是谁谁谁，但是县官误判成另一个人，此冤一定要申啊。"唐执玉听说是这样，心下明白，就说"我知道了"，鬼也就消失了。

次日，唐执玉登堂再审该案，传讯相关人士，发现大家说的死者生前穿的衣服鞋袜，与昨天自己见到的鬼穿的相同，于是主意笃定，改判凶手为鬼说的谁谁谁。原审的县令不服，唐执玉就是这样定案了。

唐执玉手下的一个幕僚想不通，觉得这里一定有个什么道理，于是私下请教唐执玉，唐执玉呢，也就说了昨晚所见所闻。幕僚听了，也没有说什么。

隔了一夜，幕僚又来见唐执玉，问："你见到的鬼是从哪里进来的呢？"唐执玉说："见到时他就已经跪在台阶下了。"幕僚又问："那你见到他从哪里消失的呢？"唐执玉说："翻墙走的。"幕僚说："鬼应该是一下子就消失的，好像不应该翻墙离开吧。"

唐执玉和幕僚到鬼翻墙头的地方去看，墙瓦没有裂痕，但是因为那天鬼来之前下过雨，结果两个人看到屋顶上有泥脚印，直连到墙头外。

幕僚说："恐怕是囚犯买通轻功者装鬼吧？"

唐执玉恍然，结果仍按原审县令的判决定下来，只是讳言其事，也不追究装鬼的人。

两百多年前的那个死囚可算是个心理学家、文化学者，洞悉人文，差一点就成功了。幕僚是个老实的怀疑论者，唐执玉则知错即改，通情达理，不过唐执玉的讳言其事，也可解作他到底是读圣贤书出身，语怪力乱神到底有违形象。

一九九七年五月 上海青浦

还是鬼与魂与魄，这回加上神

人类学者认为“自我意识”的发生，是很晚近的。知道这一点，可以很好地避免“以今人度古人”的混乱发生。

“自我意识”对于今人，也就是当下的我们，已经是常识，而且常识到我们现在看神话，根本是以“自我意识”去理解神话，体会神话，结果常常闹笑话。“无产阶级文化大革命”中的文字材料，可以整理出一大本用现代语词写成的《中国当代神话笑话选》。

中国文化中，“自我意识”是什么时候发生的呢？

这个大诘问中的“中国”，是有概念问题的。传说时代，有“中国”这个概念吗？我姑且用我们混乱的约定俗成来讲这个中国。

研究意识发展史的西方学者认为，“自我意识”的出现，起码在埃及金字塔之后。公元前十一世纪的荷马史诗《伊里亚德》，描述的是神话时期，那个时期，神话就是历史。之后的《奥迪赛》，则开始有了“自我意识”，这个脉络是清晰的。

相当于《伊里亚德》的神话样式，中国却是公元后十六世纪的明代有一本《封神榜》，讲中国在公元前十一世纪的传说。作者陆西星是个有“自我意识”的人，来写三千年前的神话时代，除去他使用的他的当代语词，在神话学上，陆西星做得相当准确。

而相当于《奥迪赛》，则是中国西周时的《诗经》。《诗经》里的“颂”，是记录神话传说，“风”、“雅”则全是“自我意识”的作品，大部分还相当私人性，而且全无神怪。很难想象那时会产生如此具有“自我意识”的作品。

更进一步的是之后的屈原的《天问》，问上问下问东问西，差一步就是质疑神怪了。我们若设身处地于屈原，是能觉得一种悍气和痛快的，当然其中不免有些“以今人度古人”。

不过孔子是文字记录中最早最明确的“自我意识”者。孔子“敬鬼神而远之”，“未能事人，焉能事鬼”，想想他处在一个什么时代！到了汉代的董仲舒，反而“天人合一”，为汉武帝的专制张目。在此之前，只是顺天命而已，没有人视自己为神的代表。《尚书》中的周天子亦只是顺天命，有一份谦逊。谦逊是一种自我意识，用来形容周代初年，也许合适也许不合适。

与董仲舒同时的司马迁，则是自我意识很强的人，所以他的《史记》现代的中国人读来还是同情和感叹。司马迁简直就是和董仲舒对着干，笔下的刘姓皇帝，全都没有龙种的样子。我怀疑司马迁写陈胜吴广揭竿而起时做手脚的细节，把写好字的布条塞到鱼肚子里，半夜学狐狸叫，像是说，你们刘家，比这也好不到哪里去，何来的天人合一？

意识史学者叶奈思（J. Jaynes）定义过“自我意识”，即“以其思想与情感而成为一个独特个体”。孔子和司马迁都有事迹证明他们是有很强的自我意识的人，但这并不等于说，当时的所有的人都是如此，而且随着时间的推移，自我意识会在社会中越来越强。相反的，自我意识在历史和现实中，载沉载浮，忽强忽弱，若即若离，如真似假，混杂在载体之中。

这个载体，是由人类的神、鬼、魂所体现的潜意识。在人类行为的沼泽中，这些潜意识，频频冒泡儿，经久不息。它混杂了集体潜意识和集体潜意识中的个人经验。

这个潜意识，常常表现为神、鬼、魂、魄。

中国人认为“魂”是类似精神的东西，人受到惊吓，有时候会“魂飞”。“魄”呢，则是物质性的魂，所以我们常常会说“魂飞魄散”。魂飞魄散之后呢，留下的是尸。假如魂飞了而魄不散，这个尸就是僵尸。

中国民间传说和明清笔记小说中关于僵尸的故事是很多的。清代袁枚的《子不语》里有则“飞僵”，说有个僵尸会飞来飞去吃小孩子，村里人发现了这个僵尸藏匿的洞，于是请道士来捉。道士让一个人下到洞里，不停地摇铃铛，这样僵尸就不敢回洞了。道士和另外的人则在外面与僵尸斗来斗去，天亮的时候，僵尸倒在地上，大家用火将僵尸烧掉。

“僵尸野合”说的是有个壮士看到一具僵尸从墓中出来，到一家墙外，墙里有个穿红衣的妇人抛出一条白布带子，僵尸就拉着布带子爬墙过去了。壮士跑回墓中将棺材盖子藏起来，不久僵尸回来了，找不到棺材盖子，很是窘迫，于是又回到那家墙外，又跳又叫，可是红衣妇人拒绝僵尸进去。鸡叫的时候，僵尸倒在地上，壮士约了别人到这家去看，发现这家停放有一具棺材，一个女僵尸倒在棺材外面。大家知道这是僵尸野合。于是将两具僵尸合在一起烧掉了。

如此看来，僵尸是有食、色欲望的，同时有暴力。洋僵尸也是如此，美国半夜过后，电视里常放这类电影，喜欢僵尸题材的人可大饱眼福，同时饱受惊吓。

我们不难看出，“魄”，可定义为爬虫类脑和古哺乳类脑；“僵尸”，是仍具有爬虫类脑和古哺乳类脑功能的人类尸体，它应该是远古人类对凶猛动物的原始恐惧记忆，成为我们的潜意识。

于是，我们也可以定义“魂”，它应该就是人类的新哺乳类脑，有复杂的社会意识，如果有自我意识，也是在这里。

中国人认为“鬼”是有魂无魄，所以鬼故事最能引起我们的兴趣，牵动我们的感情，既能产生对死亡的恐惧，同时又是轮回中的一段载体。

还是袁枚，还是《子不语》，有个“回煞抢魂”的故事。说是淮安县有个姓李的人与妻子非常恩爱，却在三十多岁时死了。入殓的时候，他的妻子不忍将棺材钉上，从早到晚只是哭。

按习俗人死后九到十八天，煞神会带亡魂回家，因此有迎煞的仪式，亲人都要回避。可是这次煞神来的时候，妻子不肯回避，她让子女到别处去，自己留在灵堂。二更的时候，煞神押着丈夫的魂进来，放开叉绳，自顾自大吃大喝起来。丈夫的魂走近床前揭开帐子，躲在里面的妻子就抱着他哭，可是觉得丈夫像一团冰冷的云，于是用被子将魂裹起来。煞神一见就急了，过来抢夺，妻子大叫，子女也都跑来了，鬼只好溜掉了。妻子将包裹着的魂放到棺材里，丈夫的尸体开始有气，到天亮的时候，丈夫苏醒过来。这一对夫妇后来又过了二十年。

也是清代的李庆辰在《醉茶志怪》里录了个故事，说是有个姓朱的人有天夜里经过一条小巷，看到一个男人在一户人家的后窗往里看，就上前责备说："偷看人家，像个什么样子？"那个人却不理他，还是看。

姓朱的大怒，就去拉这个人。这个人忽然回过脸来，只见他面如朽木，发如蓬草，眼有凶光，说："关你什么事！"接着用手扭住姓朱的背，姓朱的觉得这个人的手凉如冰雪，抓得自己很痛，可是刹那间这个人又不见了。

姓朱的吓得狂奔而逃。第二天有人告诉他，鬼偷看的那家人要再嫁的媳妇。大家都说姓朱的看到的是新娘的前夫。

明清笔记小说中最多的是反映被压抑的性的潜意识欲望，这类鬼故事最受人欢迎，中国人差不多人人都有不少这类的故事。这类鬼故事在功能上类似黄色笑话，只不过有关性的鬼故事倾向于满足人类对于性与死亡的焦虑。

再者，就是男性在鬼故事里满足于总是美丽的女鬼自动投怀送抱。这在男性制造的礼法社会中活生生地总是难于遇到，遇到，则是艳遇，哪怕是鬼。

那么男人在男鬼身上希望什么呢？清代大学问家俞樾在《右台仙馆笔记》里记了个男鬼求嗣的故事。

咸宁地方有个姓樊的男子，好酒好赌，四十多岁就死了。他的魂到一位叔祖家里捣乱，叔祖说："我与你无冤无仇，你为什么找我的麻烦？"鬼说："我死后没有子嗣啊。"

叔祖就不明白了，说："你自己浪荡，不讨妻继子嗣，怎么怪到我头上来了呢？而且我和你的血脉并不很近，怎么来找我呢？"

鬼说："我没有田产，谁肯来做我的子嗣？你现在总管我们樊氏，总要你开口，才有个办法，而且算数。"

叔祖说："你生前不考虑子嗣，为什么死后倒惦记这件事呢？"鬼就说："我死后，祖宗都骂我，如果你不替我立子嗣，我无颜面对祖宗啊。"

叔祖于是在族会上提议选一个近支血脉的人做鬼的子嗣，安排了以后，鬼就离去了。

鬼故事差不多就是在表达我们在文化中不得释放

的潜意识。自我意识属于显意识，因此它也会压抑潜意识。如果说自我意识强的人就不语怪力乱神，只是子不语罢了，孔子还要祭神如神在呢。

一九九七年七月 加州洛杉矶

攻击与人性

一九六三年，动物行为研究学者康拉德·劳伦兹(Konrad Lorenz)的名著 *On Aggression* 出版，书名可以直译为《攻击》。一九八七年我在香港一家书店见到这本书的台湾中文译本，书名译成《攻击与人性》，于是站着翻看，译文颇拗口，有些句子甚至看不懂，不知是我愚钝还是没有译通。总之，印象中只留下了劳伦兹说到艺术起源于仪式。

我之所以有劳伦兹这个人的印象，是因为一九七三年我在云南，生产队上很多人闲来无事听敌台（这四十多年来敌敌友友，友友敌敌，刚刚相逢一笑泯了恩仇，忽然又要横眉冷对千夫指了），我在当时的敌台中听到当年的诺贝尔生理学或医学奖获得者是三位，其中就有这位劳伦兹先生，研究动物行为的。

那时我每天在山上干活儿，倒也鸟语花香，只不知鸟语的是什么。歇息的时候，一边抽烟，一边乱看，看蚂蚁爬，看蛇吞蛋，看猴子飞枝走干，看鹰在天上研究地下。还记得有一次黄昏时突然遇到一只桌子大小的蟾蜍过林中小路，同行的两三个人惊得魂飞魄散，眼睁睁地看着这个王母娘娘隐入草丛，荒草浮动良久。下得山去，说出来任谁也不信，目击者之一说："当时感觉就像见到毛主席，你们不信，那就更像了。"

劳伦兹以研究动物行为为职业而有成就，我每天与动物为伍，自然对劳伦兹产生兴趣。但劳伦兹做些什么具体研究，敌台没说，我也就一无所知。

今年，一九九七年，我在台北，朋友谢材俊先生送我一册一九八七年我在香港看过的《攻击与人性》的一九八九年再版本，算下来，今年距原文出版已有三十四年了。晚上躺在床上看，拗口的译文毫无改变，当年看不懂的地方，这次确定了，是没有译通。重读，永远是有趣的事情，尤其是有意思的书。

康拉德·劳伦兹是奥地利人，在奥地利和美国读动物学和医学，一九四〇年任教于奥地利康尼斯伯格大学（University of Königsberg）。一九四二年，他被德军征调为精神科医生到波兰一家医院，两年后又被送往俄国前线，随即被俘，做了四年战俘。战后，劳伦兹任慕尼黑大学的教授和马克斯·普朗克研究所（Max Planck Institute）的研究主持人。

一九七二年，劳伦兹与荷兰的尼可拉斯·汀伯根（Nikolaas Tinbergen）、当时西德的卡尔·冯·弗里希（Karl von Frisch）都因为对动物行为的研究而共享诺贝尔生理学或医学奖。不过，劳伦兹与其他动物学者的不同在于，他认为攻击性是动物的本能，并认为攻击性也是人的本能，尤其后者，引发过广泛的争论。

人类学家阿施雷·蒙塔古（Ashley Montagu）认为人类没有本能这回事，因为科学研究从来没有证明过攻击性是生物的天赋。哈佛大学的斯金纳（B. F. Skinner）否定人类有内在的行为模式，他认为人的行为都是因为学习而来的。也是哈佛大学的生物学家恩斯特·梅尔认为劳伦兹对动物的看法跳得太远了。英国一位动物行为学家讽刺劳伦兹将观察几只动物和鸟的结果，应用到全人类。当然，劳伦兹在第二次世界大战中的履历，也令人质疑。

质疑中最敏感的方面是，假如人类生来就具有行为类型，那么人在学习和进步的能力上就应该有差距，即使环境条件是平等的。种族偏见是否因此而有本质的根据？

劳伦兹是由对鱼和鸟的观察与实验中，证明攻击是生物进化的原始动力，也就是“同类相斥”的原则。

> 到底是哪些保护物种的功能使得珊瑚鱼的复杂色彩如此进化？我尽可能地买到最多彩的鱼和比较单彩的鱼，结果我得到一个意外的发现：不可能有两条颜色艳丽如广告画的珊瑚鱼，同时存在于一个池子里。假如我把几条同种的鱼放在一个水槽里，顷刻间，只剩下最强的一条活下来。后来，在佛罗里达，我又看到以前常在水族馆观

察到的特殊景象，令人印象深刻难忘：经过生死决战，留下每种一条的七条鱼，每一条鱼都色彩鲜艳而且游姿迥异，互相之间和睦相处。

在海里，“同类相斥”的原则可以在不流血的状况下维持，因为败者可以逃离胜者的领域，而且胜者也不会追得很远。但是在水族馆中，就没有足够的地方可以逃避了；胜者要败者死亡，至少胜者会认定整个水槽是它自己的领域，经常连续地攻击弱者，进行威吓，也因此弱者发育得慢多了，胜者的统治权持续着，直到新的生死关头来结束它。

为了观察领域拥有者平时的行为，必须有一个至少为原来版图两倍大的容器。因此我们做了一个六尺长的水槽，装了两吨多的水，足以让各种小鱼划定一些领域。在色彩艳如广告画的鱼类中，幼者更富于色彩，更凶悍，而且比年长者更坚决地向领域的拥有者攻击。由于幼者身躯小，我们可以在有限的空间内观察到它们的行为。

我和我的同事多瑞斯（Doris Zumpe）在这

个水槽里放进一寸到两寸长的小鱼，有二十五种，每种四条，总共一百条。它们的领域分配得很好，几乎一条也没损失。后来，它们开始活跃起来——如事先预料，开始厮打。

现在终于有机会应用计算了。当“真正”的科学家在运用计数与测量时，他会经验到一种快感，这不是行外人容易了解的。毫无疑问，假如我们不用计量——比如我们只是说“艳丽多彩的珊瑚鱼几乎不攻击其他种的鱼，只攻击自己种类的鱼”——虽然我们对族内攻击的了解并没有因此而减弱，但是，说服力会大大降低。因此我们，更正确地说，是多瑞斯数了它们互咬的次数，结果如下：一百条鱼，每种四条，所以每条鱼咬自己同类的机会是三比九十六；同类之间与异类之间咬的比例是八十五比十五，而这十五还是多算的，因为这个数目全来自一种处女鱼。这种处女鱼只待在水槽的洞穴里，攻击任何闯入者。后来我们把这一类组删除，得到的是一个更令人满意的数字。

使得异类相咬的数字增加的第二个原因是，有些个体在水槽里找不到同类的鱼，于是将怒气发泄到异类的个体身上。我事先预测它们会选择哪种鱼为发泄对象，结果假设的数字和实际的数字相当符合。

先列举了一些例子说明它们会攻击与自己体型和色彩相类似的异类之后，劳伦兹接着写道：

除了鱼之外，其他的动物也如此。假如没有同类可以攻击，它们就选择那些关系亲近或颜色类似的异类为攻击目标。

我们必须要重新认识我们的鱼缸里那些赏心悦目的鱼了。劳伦兹并没有停止刺激我们的心灵。

几乎每个水族馆的管理员都会犯同一种错误，在一个大水槽里放养许多同种类的小鱼，期望它们将来有最自然的配偶机会。不久，小鱼长大了，水槽变小了，结果，水槽里只有一对色彩华丽的夫妻愉快地结合，攻击其他所有的鱼。这对夫妻在大水槽里狂奔，被攻击者只好带着破裂的鳍在水面角落游动。富于同情心的管理员不但同情弱者，同时也同情那位“妻”，因为这时候正是这位妻的产卵期，管理员为它们的后代担忧。于是，移走被攻击者，让这对夫妻占有整个水槽。他认为自己尽到责任了，但是，几天后，他发现雌鱼浮尸水面，被撕成条状，而且看不到水槽里有任何卵或幼鱼。

这种悲惨事件是可以预料的。我们可以下面两种方法避免，一种是在水槽里放进一条同种类的鱼，当替罪羊；另一种则较慈悲，在一个大得足以容下两对鱼的水槽里隔一块玻璃，隔成一边一对夫妻，于是每条鱼都可以将健康的怒气，隔着玻璃发泄，通常是雄对雄，雌对雌，没有一条鱼想攻击自己的同伴。相当有趣的插曲是，当一条雄鱼开始粗鲁对待它的妻子时，我们可以预料水槽当中的隔离玻璃脏了，不透明了。一旦将隔离玻璃清洁，先前的捉对相撞就又恢复了，每对夫妻则气氛爽朗。

同样的行为也可以在人类身上看到。我常观察我守寡的舅妈的行为，这些行为常常是有规律可预测的，她使用女仆，没有一个超过八个月到十个月的。她总是喜欢新仆人，将新人捧上云霄，发誓终于找到一个合意的。接下来的几个月，她的态度逐渐冷淡下来。先是发现小过失，然后是稍大的，在正式雇用期结束时，她发现这个女孩子令人憎恨。经过激烈的争吵，可怜的女孩毫无商量余地地被解雇了。舅妈在下一次雇仆人时，会再次更加小心找寻一个完美的天使。

我不是有意在取笑我的舅妈。我当战俘的时候，就在严格控制自己的人——包括我自己——身上清楚地观察到同样的现象。完全互相依赖的小团体可能互相发泄怒气，团体里的分子越是彼此了解，彼此相爱，则受到压抑的攻击性就越危险。据我个人的经验，在这种情况下，阈限会降到极低而让怒气和攻击行为发泄出来，这时，好朋友的互殴程度是很惊人的。

了解这种现象的法则，是可以避免导致杀人事件的，但是却不能减少痛苦。有些人会找到发泄途径，例如砸毁不太贵重的东西。这样确有帮助，这种方便的方法常常可以防止攻击本能的不利后果。领悟不到这种道理的人曾经因此而杀了他的朋友。

常说的“无名火”，就最是这个。心理学家所说的暴力倾向，也根源于此。虽然法律是据结果判断量刑，但“精神异常”是在说对本能毫无控制能力，所以美国总统里根只好白挨一枪。固定空间里人居住得越多，所谓“三代同堂”，越容易“星星之火可以燎原”。政府的房屋政策关系着社会的暴力犯罪率。

这样大的一股力量，让我们不得不再一次考虑好莱坞影片里的暴力。观众一边吃着零食，一边在催眠状态中将本能中的暴力能量释出，之后回家睡觉。这类似大禹治水，疏，而不是堵。曹刿在战术上是击鼓三通而不攻击，道理上好像是请对方连看三场暴力电影，将敌方的攻击能量泄至最低，才容易一举击溃。

劳伦兹提到由于一些学者的研究，“人们才了解，实际上中枢神经在反应前并不需要等待刺激——就像电铃要按开关才响——相反，中枢神经自己就可以产生刺激”。我想，现在小说中所描写的都是“本能的反应”，很少触及“本能的自发”。也许我们只学到巴甫洛夫的“条件反射”，于是“反映论”成为创作教条。我还记得很清楚中学生物课讲到条件反射时，真的是不厌其细，大家心里明白，这是一定要考的。

劳伦兹问道：

> 攻击有何价值？在保护物种作用的压力下，他们的行为机制和武器变得如此发达，所以我们必须提出达尔文式的问题。
>
> 那些被杂志、报纸和电影导入歧途的门外汉，想象着不同的“丛林野兽”之间的关系是血腥的争斗，彼此永远敌对，巨蟒和鳄鱼搏斗。我可以很自信地断言，这种事在自然环境中不会发生。一种动物消灭了另一种动物，又能得到什么益处？它们绝不会妨碍别人的生存利益。

达尔文表示“生存竞争”(the struggle for existence) 有时被误解为不同种类间的竞争。实际上，达尔文所说的竞争和竞争所引起的进化，存在于近亲之间。使一个物种消失或转变成另一种类的因素，是有益的“发明”，这种发明，在遗传性突变的赌博中，会偶然落在同类分子中的一个或几个上。这些幸运者的后代逐渐超越其他分子，一直到这些特殊种类只包括那些拥有新“发明”的个体。无论如何，不同类的动物也有类似的斗争存在……

异种竞争而能生存的价值比同种竞争而能生存的价值更明显。……食者与被食者的竞争，绝不至于引起被食者的灭种。它们总是保持一种双方都能忍受的均势。最后的几只狮子一定早在它们猎杀最后一对羚羊或斑马之前就饿死了。或者用人类的商业语言说，捕鲸业一定在最后几条鲸绝种之前就破产了。

另一方面，捕食者与被食者之间的争战并不是真正的斗争。……捕食者内在的动机和争斗时的动机根本不同。……内在推动力的不同，可以清楚地在动物的动作中看出。一只狗在将要捉到兔子时表现出来的兴奋与快乐，和它欢迎主人或某种期望兑现时是一样的。许多佳照显示，狮子在跃起之前的动作一点也没有发怒的迹象。咆哮，将耳朵捋后等等表情动作，只是在捕食动物遇到顽强抵抗时才会看到，甚至此时的表情也只是暗示性的。被食者的活动，即“反击”，常被认为是真正的攻击，特别是群居动物。它们抓住每一个可能的机会攻击那些威胁它们的敌人，这种行为称为“群击”。如果乌鸦或其他鸟在白天看到猫或其他夜间活动的动物，一定围攻之。

……穴鸟主动攻击敌人，鹅则运用尖叫和众势，无畏地进攻来犯的敌人。加拿大鹅甚至会用紧密的集结将狐狸赶走，我从来没有看到过狐狸在此时敢妄想猎取其中的任何一只鹅。狐狸将耳朵朝后放，一脸的厌恶，越过肩膀往后看那群呱呱叫的鹅，慢慢地疾走——以免失去面子——离开鹅群。

我在前面说过我不懂鸟在语些什么，劳伦兹写道：

我们可以从鸟的歌声中听出：一只公鸟正在一个选定的地方宣布它的领域所有权。许多种鸟以歌声表示自己的强壮和年龄，换言之，闻者该畏惧才是。……汉洛斯（Heinroth）用文字来解释公鸡的啼叫："我是一只公鸡"，而家禽专家则能听得更具体，"我是公鸡巴萨札（Baltha-zax）！"

哺乳动物中的大部分是用"鼻子"思想的，所以大部分的动物用气味来表示领域权。……雷豪森（Leyhausen）和沃尔夫（Wolf）已指出，某一种类的动物在森林中的领域分配，不只有空间的限制，也受时间的影响。……为了避免遭遇，这些动物不论走到哪里，都定距放置气味，如同为了避免撞车而设置的铁道信号。一只猫在它的行猎路上嗅到另一只猫留下的气味，必长时间地评估。如果是非常新鲜的，它会迟疑不决，或选另一条路；假如是几个小时之前的，它会平静地继续上路。

……猫的放置气味有避免碰头的作用。有些脊椎动物根本不来同类攻击这一套，只一丝不苟地避着自己的同类。

我们可以确实地假定：同类相争最重要的作用是公平分配存活领域。这当然不是唯一的。达尔文已观察到雌雄淘汰的作用，为了繁殖而淘汰出最好的雄性……但是选择配偶时的最后一句话是由雌性说的，雄性无法反驳……

相对于同类竞争，高等脊椎动物的群居生活进化出阶级次序。

在这种次序下，社会中每个个体明白哪个比较强，哪个比自己弱，如此即可以离开强者和使弱者屈服。艾伯（Schjelderup-Ebbe）是第一个观察家禽中“阶级次序”的人，也是第一个使用“啄食次序”此名词的人。

那么这个次序对于同类物种有何意义呢？劳伦兹

的回答是首先可以抑制群内的攻击，次之可以导致保护弱小。

> 既然个体之间永远存在紧张状态，所以社会性动物都是“社会地位的追求者”。两个动物在阶级次序中越接近，紧张度就越高，相反，阶级远远分开，紧张度就消失。高阶层的穴鸟，尤其是雄的，喜欢干涉低阶层之间的每一次争吵，于是可预期的是高阶层鸟的参与，会使弱小失败一方获益。

劳伦兹提到观察穴鸟、猩猩、狒狒时，除了阶级，还有一个老年者的经验和权威受到模仿与尊敬的现实。于是，情况是“生存领域以每个个体都能存活下去的方式被划分着：最好的父亲和最好的母亲被选出来以利后代；群体组织里有少数智者、元老们拥有权威，为群体利益做决定，并实行那些决定”。

我们也许意会到人类社会的一些现象，除了生存空间不易和最好的爸爸与妈妈在哪里。不过劳伦兹开始谈到仪式：

第一次世界大战前不久，我的老师，也是我的朋友赫胥黎博士（Sir Julian Huxley）正热衷于他的先锋研究——有关一种鸟的求爱行为。他发现某些动作形式在进化的过程中消失了原来的功能，变成了纯粹象征的仪式。他称此为仪式化，而且不加引号。换言之，他将引导人类仪式发展的文化过程与引起动物仪式化的进化过程同等看待。

劳伦兹列举了漫长的观察来的动物行为之后写道：

动物知识的传递只限于简单的事物，如通道的寻找、食物和敌人的辨认以及鼠的特殊知识——毒药的危险。思想的交换和仪式则无法由传统传递。换句话说，动物没有文化。

动物有一个简单的传统，它和人类最高级的文化传统相同——就是习性。……一个令我难忘的经验使我弄清了习性如何使不同的过程——例如鹅的行走习惯，和人类发展的神圣仪式——有相同的基本作用。

劳伦兹接下去详细叙述了那个著名的观察结果，他观察到的与他生活在一起的一只小灰雁上楼到他卧室的过程。

……小孩子却很固执地遵行习惯性的动作，假如说故事的人将故事说得稍稍偏离了，他们会十分不满而沮丧。甚至受过教育的成年人，习惯一旦固定了之后，其力量就大于我们所能想象的。……我的描述将会使人类学家想起很多原始种族的魔术和法术，直至今天还存在于文明人之间……

人类知道自己的习惯和形成纯属偶然，也知道打破习惯不见得就有危险，但仍有不可抗拒的焦虑迫使他遵守习惯……

在美国的深夜，我常常看到空寂的交叉路口一个方向亮着红灯，一辆私人汽车等在路口。五分钟之内，横向没有一辆车驶过。之后，绿灯亮了，等待的车急急地向前驶去。深夜，没有警察，更没有其他的车辆，为什么她或他不“聪明”地就过去了？习惯，将法规变为习惯，能很容易地在任何时候都安全。同理，学雷锋如果是习惯，比过脑子想会容易得多。

上海——当然别的城市也是这样，只不过我在上海也开车，所以有描述的资格——就不是这样，每辆车都习惯抢行，因为人们在生活当中的习惯就是斤斤计较，占到一点便宜几乎与尊严等价。这也难怪，因为生活总是不太容易，因此你如果在驾驶上改掉占便宜的习惯，你在谋生上就有麻烦了。上海人说得好，“到屋里老婆就骂你，回家快了五分钟，赶回去找骂？”

> 当人类不再由己身获得习惯，而是经由文化的传递，一种新的、有意义的特征就出现了。第一，他不再知道特殊行为的起因。第二，令人尊敬的法律制定者，因为年代久远，好像存在于神话中，

他们也被神话了，于是他们的法律似乎是神的昭示，触犯者便有罪。

我觉得上段引文中的“法律”，如果换成“禁忌”，更好理解。文化的传统，有仪式化的特征，“‘模仿夸张’（mimic exaggeration）可以导致仪式。事实上仪式十分类似象征事物，仪式也产生夸张的影响，这也是赫胥黎在观察大冠鸭时感到吃惊的事。……不用怀疑，人类的艺术主要也是在仪式中发展的。‘为艺术而艺术’的自主性只是文化过程中的第二步”。

哈，我终于找到一九八七年时我以为记得的这句话，原来劳伦兹并不是说艺术起源于仪式，而是说艺术在仪式中发展。

一九九七年九月　台北万芳社区

攻击与人性之二

“常识与通识”这个栏目持续一年了。去年的开始题目，是《爱情与化学》，记得曾有人私下对我表示不以为然，也有人表示原来是这样的。

这多少都显示出常识的重要。记得“文革”的时候看过一本书，末尾几页已经磨损，封面有各种食品的痕迹，书名是《汤姆·潘恩》。这个潘恩写过一本书叫《常识》，他在书中说，自由平等博爱人权独立这些概念，是常识，他要将这些常识传播出去。潘恩后来到了美国，出版了《常识》。传说中，美国的独立战争中，许多人随身的行囊里，都有这本《常识》。

“无产阶级文化大革命”，简单说，就是失去常识能力的闹剧。也因此我不认为“文化大革命”有什么悲剧性，悲剧早就发生过了。“反右”、“大跃进”已经是失去常识的持续期，是“指鹿为马”，是“何不食肉糜”的当代版，“何不大炼钢，何不多产粮”。

在权力面前，说出常识有说出“皇帝没有穿衣服”的危险，但是，我的父辈们确实有人隐瞒常识。他们到学校里来做报告，说以前被地主剥削压迫，所以参加了革命。如果明白被剥削，一定明白一亩地可产多少粮食这种常识吧？一定明白亩产万斤超出常识太多吧？

我在的小学，大炼钢铁时也炼出过一块黑疙瘩，校长亲自宣布它是“钢”。当时我没有关于钢的常识，当然认为它就是“钢”。后来有一门课叫“常识”，是我最感兴趣的。我最感兴趣的永远是常识。

在常识面前，不要欺骗孩子。在丧失常识的时代，救救孩子就是教给他们什么是常识。当年的中学红卫兵现在看来就是没有常识的孩子，当年他们抄家、打死人时的理由，现在则成了他们的经济生活常识。若现在去抄他们的家，他们若说“凭什么”，你就可以知道，常识回来许多了。

八十年代初，北京街头的大标语，号召人们说“请”，说“对不起”，说“谢谢”，可见八十年代初还是彻底没有常识。我家附近的一个有名的饭馆里，很有决心地贴着“本店不打骂顾客”这种服务公约，倒也点出了常识的程度。

从前有个人到铁匠铺子里去学打铁。师傅说，好好儿干，师傅会告诉你打铁这一行的秘诀的。徒弟于是很听话，很卖力气，盼望着有一天师傅讲出秘诀。可是师傅一直不讲，徒弟就有点儿着急，直到有一天师傅要死了。

徒弟就说，“师傅您不是说要告诉我打铁的秘诀吗？您看已经到了这种日子口儿了……”

师傅说，“是啊，你过来，”徒弟靠过去，师傅说，“热铁别摸。”

巴金先生说过要建个“无产阶级文化大革命”的博物馆，里面如果能处处标示出常识是什么，我相信效果会很强烈，因为闹剧是最经不起常识检验的。

中国的“无产阶级文化大革命”，剥去意识形态，剥去理论，剥去口号，是再清楚不过的同种攻击，将意识形态、理论、口号覆盖上去，只是为了更刺激同种攻击，或者说，是为了解除对攻击本能的束缚。我在上一期介绍过康拉德·劳伦兹的《攻击与人性》的前半部，劳伦兹论证了“同种攻击”是动物本能，其他的生物科学家证实中枢神经在反应前并不需要等待刺激——就像电铃要按开关才响——相反，中枢神经自己就可以产生刺激。这也就深化了达尔文所说的竞争和竞争所引起的进化，存在于近亲之间。这之前，达尔文的“生存竞争”（the struggle for existence）常常被误解为不同种类间的竞争。研究动物行为的科学家在非洲丛林中屡次观察到雌黑猩猩有食子的行为，并且拍摄下来，但是恐怕播映出来刺激文明人类，长时间内隐而不发。最近播放了，反应强烈。

劳伦兹还论证了同类相争最重要的作用是为了公平分配存活领域。美国的反托拉斯法，就是要限制大财团占领过大的领域，使初起弱小者不能发展。美国的微软视窗目前就有犯法的可能，从视窗 95 开始，很明显，微软准备覆盖全部个人电脑系统。当微软成为霸权的时候，使用者的灾难就来了，我们再也找不到更好的可能了，因为可能的制造者因为没有公平的生存空间，根本不能存活。

劳伦兹并没有止于此，而是继续下去。“继续”这个词用得不准确，因为许多动物行为是同时观察到的，只是有些是先被解释，有些是后被解释。

劳伦兹发现，相对于同类竞争，高等脊椎动物的群居生活进化出阶级次序。

> 在这种次序下，社会中每个个体明白哪个比较强，哪个比自己弱，如此即可以离开强者和使弱者屈服。

这个阶级次序对于同类物种的意义，劳伦兹的回答是首先可以抑制群内的攻击，次之可以导致保护弱小。

既然个体之间永远存在紧张状态，所以社会性动物都是“社会地位的追求者”。两个动物在阶级次序中越接近，紧张度就越高，相反，阶级远远分开，紧张度就消失。高阶层的穴鸟，尤其是雄的，喜欢干涉低阶层之间的每一次争吵，于是可预期的是高阶层鸟的参与，会使弱小失败一方获益。

这无疑是人类社会中阶级的生物起源，只是我们没有料到它有保护弱小的功能。重要的是，我们开始发现动物进化出抑制同类攻击的功能了。劳伦兹接着谈到动物行为中一些动作形式进化为仪式，人类与动物的区别是：

当人类不再由己身获得习惯，而是经由文化的传递，一种新的、有意义的特征就出现了。第一，他不再知道特殊行为的起因。第二，令人尊敬的法律制定者，因为年代久远，好像存在于神话中，他们也被神话了，于是他们的法律似乎是神的昭示，触犯者便有罪。“模仿夸张”（mimic exaggeration）可以导致仪式。事实上仪式十分类似象征事物，仪式也产生夸张的影响，这也是赫胥黎在观察大冠鸭时感到吃惊的事。……不用怀疑，人类的艺术主要也是在仪式中发展的。“为艺术而艺术”的自主性只是文化过程中的第二步。

经由劳伦兹的论述，我们逼近了艺术起源的又一步。不过劳伦兹志不在此，他说：

仪式的种系进化过程创造了一个新的自治本能，它具有独立的力量干扰本能冲动。它的原始功能是诱发种族内个体间的互相了解，以避免攻击的不良后果。不仅人类，甚至动物，常因误以为他人有害于己而引起争端：就这方面而言，仪式与典礼对我们有极大的重要性。……仪式能够形成一股独立的力量，在本能的大议会中，成功地与攻击的力量对峙。为了让读者了解仪式是如何阻止攻击冲动，而又不减弱它的力量，也不妨碍它的护种功能，我必须先谈谈本能的组织。这个组织像个大议会，是许多独立的因素交互作用组成的；它的民主性是经过一段进化的考验才发展出来的。纵然它不能使各种不同的关系达到完全和谐，至少它使它们达到可以容忍而且实际可行的妥协阶段。

例如笑：

人类的笑，其原型可能是一种求谅解或欢迎的仪式。微笑和大笑，我认为是同一行为的不同程度，也就是对同样性质的刺激，以不同的心理状态应答。

与人类最接近的黑猩猩和大猩猩，不巧没有一种对应人类的笑的动作，但许多猕猴在动作上有求和的姿态——露出牙齿，不断地上下转动头部，咂嘴和将耳朵向后摆。值得注意的是，许多东方人的笑也是以此方式欢迎人。但最有趣的是笑得最厉害的时候，他们把头稍微转向一侧，这样，他们的眼睛就不会直视被欢迎的人的眼睛，而是用眼光扫过对方……

无论如何，这欢迎的笑容，常使我们解释为求谅解的仪式，它和鹅的胜利仪式类似。胜利仪式是在修改过的威胁仪式中产生的……

当几个小男孩一齐笑另一个或不属于同一团体的男孩时，这行为是含有相当的攻击性。大部分的笑话建立在当一种紧张状态突然被打破时。许多动物的欢迎仪式也有非常相似的情形。当一个不愉快的冲突情况突然解除时，狗和鹅或其他动物会做出强烈的欢迎……

仪式将个体牢系在一起，使它们共同抵抗敌对世界。有相同的目的——例如必须抵抗外人——是形成“结”的要素。鱼为相同的领域及子女抵抗，科学家为相同的意念抵抗，最危险的是盲信者为相同的概念而抵抗。所有这些情形，为了提高结合力，攻击是必须的。

因此笑是抑制攻击的仪式产物，它与攻击的本能是相关的。还记得革命样板戏《智取威虎山》吗？“不怕座山雕叫，就怕座山雕笑”，剧中的正反角色，杨子荣和座山雕都是用笑来传达攻击信号的。中国熟语警诫我们，“笑里藏刀”，“笑面虎”，即使是诗句，“相逢一笑泯恩仇”，也是将笑与攻击摆在一起的。

劳伦兹观察到，动物的攻击本能被仪式抑制着，但执行仪式而控制不当，仪式有反行效应，反而引起最熟识者之间的攻击。

> 这种使人痛苦的愤怒只能解释为，部分是由于双方互相认识太清楚以至于不再害怕对方。人类也是如此，同样的原因，使非常恐怖的夫妻争吵发生。我相信，每一个真爱的情况中，有很高的攻击性潜伏着，通常为结所抑制，一旦结破裂了，恐怖的现象，如恨，就出现了。没有一种爱没有攻击性，没有一种无爱之恨。

后面的观察非常有意思：

胜利者从不追逐被打败的，我们从未听到两只雄雁爆发过第二次战争。相反，它们过度地回避对方，当大群雁在沼泽上觅食的时候，吵过架的朋友总是在外围的另一边。假如偶然没有及时发现对方，或根据实验而互相靠近时，我看到它们居然显示出难为情！它们不敢看对方。雄雁是这里那里乱看，或拘谨地吸引它们爱恨的对方，然后跳开，好像手从热铁上弹开。而且两只雁持续不断地整理一下羽毛，用嘴摇一下想象中的东西，它们就是不能简单地走开，为了“保全面子”而不惜代价，绝不能有如何逃开的迹象。我们禁不住要同情它们这种尴尬情境。

我们知道有一些动物完全没有攻击性……有人会想，这样的动物一定会有永恒的友谊与结合，但这些特质尚未在这些动物身上发现，它们的结合根本就见不到。友谊只在高度发扬种内攻击的动物中发现。事实上，结越牢固，越具攻击性。

种内攻击比友谊和爱要早几百万年之久，在地球的长久纪元中，曾有过真正凶猛而有攻击性的动物。几乎今日的爬虫都有强的攻击性……个体结只在某些硬骨鱼、鸟和哺乳动物中有，也就是说，在第三纪之前，以团体姿态出现的动物并不存在。这样说来，没有“爱”这种东西，种内攻击也能存在，但反过来说，没有一种爱是没有攻击性的。

“君子之交淡如水”，这是最具经验之谈。勾肩搭背，搞来搞去就是拳脚相向，而且振振有词，从振振有词当中，我们可以听出来，原来互相攻击的部分早在勾肩搭背的时候就知道了，“我不想说就是了”。

劳伦兹在漫长观察的叙述之后，开始谈到人类本身。

有些人认为同种攻击是对人类的一种污辱。人们都乐意将自己看作是宇宙的中心，认为自己不属于自然，而是从自然分立出来的特殊的高等生物。很多人对这个谬见恋恋不舍，而无视于一个人曾说过的最智慧的警语，即齐隆（Chilon）

所说的，“认识你自己”，这句话通常被认为是苏格拉底说的。到底是什么因素使人们听不进这句话？

障碍有三，而且全是由强烈情绪引发的。

第一，人们认为可以借助人类的悟性，轻易将之克服；

第二，虽然有不利的后果，但至少是光荣的；

第三，从文化历史的角度来看，是可了解的，因此是可原谅的，却是最难祛除的。

三个都与人类最危险的特质有密切的关系，俗话说，这个特质在陷落之前会有一段光彩，那就是——骄傲。

第一个障碍是最原始的。人类抑制自己对自己的进化根源做了解，因此阻碍了自我了解。

第二个障碍，是我们不愿意接受自己的行为是遵循自然因果律的事实。……这种态度的产生，无疑是因为希望拥有自由意志，认为我们的动作并不是偶然因素决定的，而是较高层的意志决定的。

第三个障碍，至少在西方文化是有的——是唯心论哲学的天性。人类将万物二分为内在与外在，前者照唯心论的看法是无价值的，后者是包含在人类思想内，价值只依附思想而存在。这种划分正投合人类崇高的自傲心理。……“唯心论”与“实在论”这两个名词本来是象征哲学上的态度，但是现在已经应用到道德的价值判断。

人们所以害怕原因上的探讨，可能是怕领悟到宇宙现象的原因后，发现人类的自由意志只不过是一种错觉下的产物罢了。其实，我的意志就如我的存在，不容否认。更深一层领悟到我自己的行为是受一连串生理原因的控制后，至少并不能改变“我将要做”这件事实，只是可能会改变“我所要做的”。

假如人们认定人类的行为，尤其是社会行为，绝不仅仅是由理性和文化传统就能决定，它们还要顺从本能行为的一切法则。对这些法则，我们从动物本能行为的研究得到不少知识。……人类社会非常像老鼠，在自己的族群里是个爱社交且

> 和平的生物，但是对待那些不属于自己团体的同类种族，就完全换成一副魔鬼嘴脸。……老鼠在达到过分拥挤的情况时会自动停止繁殖，然而人类没有一个可行的办法来阻止人口膨胀。

劳伦兹还论述了青春期现象，说明了人人都必须经历青春期和其后一小段时期的危险阶段，并且特别提到他建议命名的“攻击性热情”。

> 事实上，攻击性热情是自发性攻击的特殊形式。……有强烈情绪的任何人，都可以亲身体验到随着攻击性热情而来的主观现象：身体从上而下打着颤，两臂外侧亦如此，气势高昂地漠视一切束缚。在这特殊时刻，准备放弃一切，唯独去迎接那个被认为是神圣的任务。一切障碍都不足为惧，而且不幸地，禁止伤害或杀死同胞的本能抑制力也大大地丧失了。此时，一切理性思考、批评、合理的争论都沉默下来。它们不仅显得势力单薄，而且是卑贱和不光荣的。人们在参与凶

恶事件的时候，也会有正直的感觉，甚至感受到这种正直感的快乐，就像谚语说的："当旗帜飘扬，一切正气都在号角声中。"

劳伦兹归纳了四个可以刺激攻击性热情的情况。

一、社会团体里的个体认为被外界所威胁。他们会描绘出威胁者，而他们效劳的团体，从运动俱乐部到国家民族，直至科学真理，公正清廉的主张；

二、令人憎恶的敌人出现，而且这个敌人威胁了上述"价值"；

三、领袖形象，任何政治集会都少不了大幅领袖像，甚至反法西斯的党也不能缺；

四、参与的个数多，而且全部都被同一种感情所鼓动。

想来我们都很熟悉上面的描述吧？一九六六年炎热的夏天。

劳伦兹认为控制本能行为模式的必要条件是，对释放它的刺激情境有充分的认识。对“文化大革命”的情境的认识，直到现在还是众说纷纭，有说是受骗了，可见是没有认识；有说是理想，可是此理想要消灭彼理想。我想，所谓“充分”，首先要看这个情境究竟是束缚还是释放我们的攻击本能，并达到一种丧失常识的程度。

一九九七年十一月　台北万芳社区

攻击与人性之三

在双月刊的杂志上将一个题目写到“之三”，实在不智。每个人都很忙，或者很无聊，总之，不会记住两个月之前读过些什么。所以当这个月看到什么《攻击与人性之三》，真的是要骂我了，难不成还要去找四个月之前的“之一”和两个月之前的“之二”，才看得明白“之三”？

我其实也没有料到关于人的本能之一——同种攻击，会有这么多话要说或引述，不过这次保证是“之最后”，因为，“攻击”这个话题终于要和艺术转到一起了。

说起来，为什么要在一个文学刊物上介绍人的生理本能？这里有我一个小小的私心。这个私心倒不是我要搞什么“艺术生理发生学”，这方面必有好事者来做的。

我的私心是，有非常多的好书，其实没有这么严重，而是有非常多的有趣的书，我们还没有翻译介绍。做出版的朋友，不妨从有意思出发，搜寻一下有关常识的书，或者会有一套“常识丛书”？

我向来读书太杂，杂到让人看不起的地步，杂到墓志铭上可以写“读书杂芜，不足为训”。不少人写文章是为吓人的，因为所写的与其说是“高见”，不如说是常识。当然，我就有这种嫌疑。

不过，任何高见，如果成为了生活或知识上的常识，就是最可靠的进步。

说回到攻击与人性。先转录两则新闻，一则是一九九七年初——

> 上海动物园日前再度发生狒狒间“伦常悲剧”。一只来自荷兰的狒狒王自去年三月曾咬死亲生骨

肉后，日前再咬死其“嫔妃”在狒狒王软禁期间与别的狒狒“勾搭”而生下的小狒狒。

前年四月在动物园佛山登基的狒狒王，长得英俊威武。去年三月，只因母狒狒产仔后专心抚幼，狒狒王求欢不成，迁怒于幼仔，饲养员只得将其软禁他室。其间曾有一只将成年的雄狒狒眼见山中无老虎，便染指前“大王”的“嫔妃”，后也因同样原因谋杀小狒狒而被关押。去年七月，动物园考虑到繁殖问题，只能请狒狒王再次出山。

一个月前，母狒狒们接连产下三只幼狒狒，可是狒狒从怀胎到产仔一般要经历半年，显然母狒狒产下的非自己（指狒狒王）亲生骨肉，而是那只已被关押的雄狒狒的子女。狒狒王眼见自己的“嫔妃”产下了“别人的孩子”，大发醋意，但碍于刚出生的幼狒狒由于没能力走动，总是攀附在母亲身上，狒狒王一时无法下手，只好在一旁虎视眈眈，等待时机。

数日前，一只幼狒狒开始离开母狒狒怀抱下地学步，早已忍无可忍的狒狒王看准时机，突蹿前去，几口就将小狒狒咬死。狒狒王正准备咬死另两只小狒狒时，幸饲养员闻讯赶到，阻止了悲剧进一步扩大。

如果我们有关于动物行为的常识，新闻里的这个惨剧（不是悲剧，悲剧是讲人的性格与人所遭遇的命运不协调）就不会发生。第一，灵长类动物确认带有自己基因的后代，是本能性。第二，灵长类动物是社会性动物，有阶级划分，“王”是同类雄性互相攻击的优选结果，最强悍，它在物种中的责任就是捍卫“最强悍”的基因的传递。第三，灵长类动物的同类攻击本能，是“王”捍卫本物种“最强悍”基因传递的最直接的手段。

从基因的角度来看，上海动物园佛山的这只荷兰来的狒狒王大义凛然，绝不允许任何非最强悍基因传递，影响本物种的质量。现在出现了这种情况，王，恪尽职守，务必全部清除之。这是狒狒之道，王这样做，是有德之狒，当模之范之，榜之样之，标兵之，并奖之励之，整个事件何悲之有？

动物园也有苦衷，他们不能从狒狒的角度看事件，只能从经济角度看损失。既然从经济角度考虑，就应该从动物行为的常识来解这道组合题。这有点像小学时算术老师出的那种题，一只船，一只狐狸，一只鸡，一袋米，怎样将它们运过河去而不让狐狸吃了鸡，鸡吃了米？

这道题的第一步是软禁母狒狒，而不是软禁狒狒王，第一步错，就一路错下去了。

另一则是有关万物之灵，也就是人的。与上海动物园的狒狒事件同时，台湾《联合报》报导："杀女儿浑爸爸认她非亲生女　疑神疑鬼　夫妻情感常起纠纷　小生命代罪"——

> 嫌犯陈再兴凌晨涉嫌将亲生女儿丢到光复桥下，他的太太上午获知女儿尸体被寻获后，在派出所痛哭不已，她说，与陈再兴结婚四年来，为了细故，两人常争吵，陈再兴还动手打她，但他非常疼爱孩子，她不敢相信他会下此毒手，陈再兴则说，是太太说女儿非他亲生，既非亲生，就

不要了，他愿意坐牢，关多久就多久。

陈太太情绪激动，警方侦讯时，她一直说“我什么都不知道”、“不要问我”，待情绪较平缓，她才说，陈再兴平日从事电镀工，收入不一定，他们育有二子，大儿子已经四岁，小女儿才十个月大。

她说，陈再兴以前就常常怀疑她在外头“乱搞”，两人因此经常口角，陈再兴常打她，为了孩子，她都忍气吞声；昨天深夜，她想早点睡觉，但是儿子一直吵，夫妇两个人于是又争吵，陈再兴说他要抱女儿出去，她还以为陈再兴要抱女儿到新家，结果她都找不到，于是赶紧向派出所报案。没想到，陈再兴回家告诉她，他把女儿丢到光复桥下，陈太太哭着说，陈再兴对她不好，但却从来都没打过小孩，她万万没想到他会如此狠心丢弃女儿致死。

陈再兴是狒狒？显然不是，但行为与狒狒一样。

不妨将劳伦兹在《攻击与人性》这本书里的话再引述一下。

有些人认为同种攻击是对人类的一种污辱。人们都乐意将自己看作是宇宙的中心，认为自己不属于自然，而是从自然分立出来的特殊的高等生物。很多人对这个谬见恋恋不舍，而无视于一个人曾说过的最智慧的警语，即齐隆（Chilon）所说的，“认识你自己”，这句话通常被认为是苏格拉底说的。到底是什么因素使人们听不进这句话？

障碍有三，而且全是由强烈情绪引发的。

第一，人们认为可以借助人类的悟性，轻易将之克服；

第二，虽然有不利的后果，但至少是光荣的；

第三，从文化历史的角度来看，是可了解的，因此是可原谅的，却是最难祛除的。

三个都与人类最危险的特质有密切的关系，俗话说，这个特质在陷落之前会有一段光彩，那就是——骄傲。

第一个障碍是最原始的。人类抑制自己对自己的进化根源做了解，因此阻碍了自我了解。

第二个障碍，是我们不愿意接受自己的行为

是遵循自然因果律的事实。……这种态度的产生，无疑是因为希望拥有自由意志，认为我们的动作并不是偶然因素决定的，而是较高层的意志决定的。

第三个障碍，至少在西方文化是有的——是唯心论哲学的天性。人类将万物二分为内在与外在，前者照唯心论的看法是无价值的，后者是包含在人类思想内，价值只依附思想而存在。这种划分正投合人类崇高的自傲心理。……“唯心论”与“实在论”这两个名词本来是象征哲学上的态度，但是现在已经应用到道德的价值判断。

人们所以害怕原因上的探讨，可能是怕领悟到宇宙现象的原因后，发现人类的自由意志只不过是一种错觉下的产物罢了。其实，我的意志就如我的存在，不容否认。更深一层领悟到我自己的行为是受一连串生理原因的控制后，至少并不能改变“我将要做”这件事实，只是可能会改变“我所要做的”。

假如人们认定人类的行为，尤其是社会行为，绝不仅仅是由理性和文化传统就能决定，它们还要顺从本能行为的一切法则。对这些法则，我们从动物本能行为的研究得到不少知识。

说来“人性”既不应该是褒义词，也不应该是贬义词，而应该是中性的。不过中性是客观的意思，可惜我们离客观还有很大的距离，起码要等人类基因组的功能理出个头绪来才好再说。人类，从古到今，无非是通过对自己的行为的观察来了解“人性”，动物行为的科学研究，更不过才是几十年的事。

不过，我们通常用“人性”为褒义，比如说“陈再兴毫无人性”。这种用法，实际的意思是，遵守礼法约束的人“应该”是怎样的。若用“人性”为中性词，可以说“陈再兴有人性，但无礼性”，俗话不绕弯子，“陈再兴是畜生”。

所以我们用“人性”为褒义，褒的其实是“礼”，因此也才会有对“屡教不改”的道德义愤。改什么？改人性中应该而未被礼约束住的部分，可是我们的同类陈再兴，“愿坐牢，关多久就多久”，改不了，而且骄傲。当然免不了还有同类赞曰“陈再兴是汉子”。台北光复桥下的无辜女婴呢？文雅说“私生子”,俗说“小杂种”，狒狒王若会说话，无非也就是这两个词。不少人也这么想，可是又肯定认为自己绝对不是畜生。

孔子大讲特讲“礼”，可是在本能问题上又讲“思无邪”，意思是不追“思想根源”，思，可以是畜生的，这可由孔子删过的《诗》作证；说或做，则不可以，其实小做还是可以的，这也可以由《诗》作证。当然能修身齐家治国平天下最好，不过那是对“士”的要求，先秦对“君子”和“小人”是有道德区隔的。可惜这些没有传续下来，秦始皇将有关思想的书烧掉了，之后，从汉儒，再到宋儒，则专门在“思”上做“不可以”的文章。

孔子骂过“始作俑者，其无后乎”，谴责殉葬，他参与礼仪，大概见过人殉；又讲过人和畜生的区别，大概与他年轻时管理过鲁国的畜生有关系，不然不会讲得如此诚恳:“人不独亲其亲,不独子其子。”小孩子，我的小孩子，由此而扩及到别人的小孩子。这简直就是人权条款,向生物本能宣战,难怪有人提到孔丘,“不就是那个明知做不到而非要做的人吗？”

不过，比孔子早一百年的一个故事，也就是后来我们耳熟能详的《赵氏孤儿》，讲门客程婴舍自己的婴儿救主人赵盾的婴儿。这几乎是个莎士比亚式的故事，但《赵氏孤儿》讲的是赵氏基因的重要，若莎士比亚写来，恐怕会是程婴内心与生物本能的惊心动魄的纠缠吧。

既然我们人类以礼教来约束“同种攻击”这股能量，但它仍然顽强地困扰我们，从世界战争到夫妻反目，那么，我们何不定下个彻底消灭它的目标，比如一旦在基因组里找到攻击基因，即剔除之？岂不世界大同，永远和平？

这就叫头痛医头，脚痛医脚。“同种攻击”是本能，是自然力，是天地不仁，人类能到如今，是凭它一路“杀”过来的。可是你若对它有所质问，它绝对一脸茫然。

这好比水。传说时代的鲧，治水是用堵，总不成功，被舜杀了，鲧的儿子禹来治，用疏，成功了。这是老祖宗留给我们对待自然力的遗训。我想禹治水也要用一些堵，但堵的目的是让水向疏的方向走，导向海。水进入海，平静了，景观很好。

劳伦兹自撰了一个词称为“攻击性热情”，认为艺术创作与它有关。我想，这暗示出艺术的生物起源，只是动物都有同种攻击的本能，为什么只有人才可以将之导为艺术创作的能量？

我在“之一”里引述过劳伦兹讲“‘模仿夸张’(mimic exaggeration) 可以导致仪式。事实上仪式十分类似象征事物，仪式也产生夸张的影响，这也是赫胥黎在观察大冠鸭时感到吃惊的事。……不用怀疑，人类的艺术主要也是在仪式中发展的。‘为艺术而艺术’的自主性只是文化过程中的第二步”。

我一直对艺术起源的问题有兴趣，后来觉得可能是问题错了。问题是有没有艺术起源这回事，或者说，“艺术”这个后天的概念误导了我们，以为艺术是由起源而来的。这种观念是个“语言障”。

社会性动物产生了仪式化的行为，但这个行为不是艺术行为；人类是社会性的动物，也有仪式化的行为。人类的催眠机能产生了原始宗教，是一种逐渐文化化的仪式行为。原始宗教中，充满了“模仿夸张”的意识与行为。意识和行为要模式化，模式化的东西才好传递，否则一世而斩。

模式化的东西会异化，宗教中一些模式后来就异化成了艺术。“为艺术而艺术”是艺术的再异化。

本能会成为潜意识和显意识，“攻击”随时是潜意识和显意识，比较之下，“性”就不是那么随时。弗洛伊德说艺术创作是性的转化，这个说法影响了近当代无数的中国艺术家。现在介绍说劳伦兹认为“攻击性热情”与艺术创作有关，不知道会不会产生同样的影响。中国艺术家非常愿意接受理论的影响，也非常愿意被理论异化，有点儿视其为“登龙术”。毕卡索老实，他说他的理论“仅止于咖啡馆里听到的片言只语”，足够了。

不仅艺术，学术也是非常有“攻击性热情”的。先秦的“诸子百家”，都在互相攻击。我们看现在有些学术文章、学术会议，幸亏尚有规范，一旦失范，无异热情的刀剑。

艺术呢，除了性和死亡，攻击也是永恒的主题之一，流行的说法是暴力。所谓爱，如果是与死亡、暴力综合，效果就非常强烈。几大古典小说，无不贯穿着攻击心理和行为，读者爱看，于是可以传世。鲁迅的小说，尤其“呐喊”系列，有着沉实的攻击热情，杂文则干脆是匕首投枪。莫言的“红高粱”系列，充满了灿烂的攻击热情，爱和死亡都是勃勃跳的。爱很危险，内含的攻击热情搞不好就导致死亡。

艺术常常表现嫉妒。嫉妒是什么？嫉妒就是攻击的前导情绪，它常常比愤怒来得强烈，宗教有时不限制愤怒，当需要卫道的时候，但宗教限制嫉妒。

法国梅里美的《卡门》是嫉妒的经典。它被法国的比才改成过歌剧，由此又产生了管弦乐组曲，再产生了西班牙萨拉萨蒂的提琴幻想曲，俄国人又改编过芭蕾，西班牙人在八十年代拍过一部戏中戏的电影《卡门》，其中的佛朗明哥舞，极具攻击的震撼。嫉妒，可以炒成无数盘辣味菜，永远有吸引力。

孤独呢？既得不到释放攻击的快感，也得不到压抑攻击的快感，这种茫然就是孤独。孤独暗藏着随时会引发攻击的可能。诗人用持久的热情歌咏孤独，我们不妨小心一点。

举凡我们用烂的什么“艰苦卓绝”、“精神饱满”、“斗志昂扬”等等，被视为的健康状态，无非就是攻击热情。

健身，有氧舞蹈，都在消耗攻击热情的能量，或是维持攻击热情于长久，要不是被概念为健康，做起来会有心理障碍的。体育竞赛是极端的例子。

美国的NBA篮球联盟，原来有个不成文法，就是不许扣篮，因为这种攻击动作在白人看来有污辱性。但是这种攻击动作能极大满足球迷的攻击热情，表现形式又被黑人球星玩得出神入化，一夫闯关，万夫莫敌，所以现在成了NBA最大的彩头。

中国的足球踢不踢得出亚洲，不是最要紧，只要踢，就能满足球迷们的攻击热情。不过我这么说，就冒着被球迷攻击的危险。

冰球、拳击运动还用我再啰嗦吗？

艺术当中饱含了攻击热情和异化了的攻击热情，但这是我的引申，劳伦兹还不是这个意思。他的意思是说，攻击热情趋使艺术家去创作艺术。而且，攻击热情驱使人类做各种各样的事情，比如探险、科学研究、经济竞争、选举、犯罪等等，凡是你能想到的创造性活动。人类不息的创造热情，是本能中的攻击热情的转化，所以，我们不能一劳永逸地剔除攻击本能。剔除了，人类的进化就停止了。

相反的例子是佛教。印度佛教弃绝攻击，不久就消亡了，继之以西元前一世纪末克什米尔贵霜王朝将大乘佛教用为政治统治术，才又发扬光大，再传回印度。

我小时候常在庙里见到护法金刚怒目圆睁，各持致命法器。一个戒杀的信仰，何必呢？原来还是攻击来攻击去比较真实，少林僧有道理。

中国武术里的武德，以不攻击为要，好像兵家的最高原则是“不战”，练是为防身，不是为攻击。师父观察到徒弟有杀心，是不传绝招的。金庸的武侠小说则是攻击得花样百出，撩拨读者的攻击热情，不过武侠小说是娱乐，我这么说也是严重了。

我自己写过一个中篇的武侠小说，其中总是要打而最终没有打起来。退稿的编辑小声儿作金刚吼：“你是真糊涂还是装糊涂？武侠不打，砸的可是咱们的饭碗哪！”

一九九八年一月 加州洛杉矶

足球与世界大战

炎热的夏天就要来了。这话有毛病。夏天当然是炎热的，所以“夏天就要来了”足矣，不必啰嗦炎热。

不过人是感情动物，常常顾不上语法逻辑，变得语无伦次。记得我小时候有个邻居，骂起她的儿子，真是恨铁不成钢，出口就是“王八羔子”、“小杂种”。她这个儿子是我的同学，有一次忍不住问他：“你要是王八羔子，你爸你妈就是王八了？”结果是我被“王八羔子”追得满街跑。“必也正名乎”是要付出代价的。

今年，一九九八年，又到了四年一次的世界杯足球赛，照例会有二十多亿人进入疯狂，这个夏天会非常非常炎热。所以，炎热的夏天就要来了。

世界杯足球赛煽动起来的攻击性热情，几乎是四年一次的世界大战，奥林匹克运动会无疑是逊了一筹。一九三〇年之所以要办这么个世界杯足球赛，就是因为觉得奥林匹克运动会中的足球赛，实在不足以满足足球运动的疯狂。

我们不妨随便看看我们在过去将近七十年里的疯狂。

一九二八年，国际足球协会主席雷米在阿姆斯特丹开会的时候，建议办四年一次的国际足球大赛，提案通过。

法国工匠做出一个重一公斤半，也就是我们的三斤重的镀金奖杯，样子是胜利女神直立展翅，命名为RIMET世界杯，也就是“雷米”世界杯。

一九三〇年，首届世界杯国际足球赛开始，乌拉圭捧走了金杯。之后，意大利保持了奖杯八年，巴西保持了八年。所谓八年，就是连续夺得两届冠军。

一九七〇年，巴西再次夺得冠军。依照规则，巴西永久拥有这个三斤重的金杯。一九七四年开始，世界杯改称FIFA世界杯，FIFA是国际足球协会的缩写。这个奖杯，是由意大利米兰的工匠制造。

这个杯，属于FIFA的永久财产，意大利和当年的西德虽然各得了三届冠军，却不能永久拥有，只能保存复制品。

这样一来，巴西岂不是占了便宜？没有。巴西永久拥有的那个“雷米”奖杯，被人偷走了，大家也就摆平了。

一九六六年全世界最轰动的大事不是中国的“无产阶级文化大革命”，而是那个世界杯“雷米”失窃。后来英格兰的一只狗在一个菜园子里找到它，狗的主人柯伯特于是得到一大笔奖金。柯伯特决定奖励狗吃一个星期的鱼子酱，一个狗食公司马上跟进，免费供给一年的狗食。我的经验是，狗吃过高级食品后，普通食品就很难下咽了。

不过“雷米”金杯在一九八三年再次失窃，一般认为它已被熔毁，巴西足协永久拥有的那一座，是复制品。

也是和食品有关，一九七四年世界杯足球赛前，萨伊（通译为扎伊尔）队到埃及踢热身赛，带去调理好的猴儿肉，结果埃及厨子与他们大吵，大骂他们残忍。经过协调，决定由萨伊队自己煮，而且只能在自己的房间里吃。

美国有三大球，棒球、篮球、美式橄榄球，但是没有足球。美国人觉得长时间不进球的运动有点莫名其妙，起码没有效率，因此美国从小学到大学，都没有足球课。一个美国孩子，从小学就熟悉三大球的玩法，想想我们对乒乓球的熟悉程度吧。三大球的术语，人尽皆知。沙林杰的著名小说的题目被中译成《麦田捕手》，其实它是棒球里外野捕手的意思，也就是我们常看到的那些跑到最远处接球的人。

一九五〇年，美国队在世界杯足球赛中以一比〇击败英格兰队。可能吗？要知道足球这个游戏是英国人发明的，美国人发明的篮球，因此英国报纸将记者发回去的比数改成英格兰以十比一胜美国队，次日见报，举世哗然。不过，美国人也认为赢得侥幸的，美国队盖耶特金飞身接应队友巴尔的长射，顺势将球顶入，场上的另一个队友柯夫认为“盖耶特金肯定不知道球是怎么进的”。

一九七四年荷兰邮政局局长认为荷兰队铁定赢，于是开机印了荷兰队成为冠军的邮票，结果是只能悄悄销毁。当然这件事还是传出来了，否则我也不会写在这里。

一九八六年世界杯足球赛时，意大利一个修道院特准修士们熬夜看电视转播。按规定，修道院晚上十点半必须就寝。如此一来，修士们就可以在十六世纪的小房间里畅饮啤酒，大呼小叫。不过，上帝永远是看现场的。

并非足球强国的人才对足球疯狂。孟加拉一位三十岁的妇女是喀麦隆球迷，一九九〇年八强大战时喀麦隆输给英格兰，她竟自杀了，遗书上写道："喀麦隆离开了世界杯，就是我该离开世界的时候了。"

孟加拉如同我国，从未踢出过亚洲分区，不过一九九四年为了看转播，孟加拉的大学生发动游行，要求当局推迟期末考试。

足球甚至有关人格。苏格兰一家医院的厨子坎普对苏格兰在一九七八年世界杯赛中的表现甚为不满，登报声明从此不做苏格兰人，要做英格兰人。为此，坎普请了老师补习正统英语，改掉自己的苏格兰腔。

一九七八年，阿根廷主办世界杯赛，游击队刺杀了主事的退休将军，不过游击队马上宣布停火，支援筹办世界杯。

巴西球王贝利说过："在巴西，只要赢了世界杯，政府怎么胡来都行，人民一点不在乎。"

赚人发疯的钱，是一笔大买卖。一九九四年，二十亿人通过电视转播看世界杯比赛，电视公司得到的广告收益是上百亿美元。

哪个国家主办世界杯足球赛，哪个国家就赚钱。一九六二年，智利大地震，但坚持不让出世界杯的主办权。一九七八年，阿根廷通货膨胀严重，因为主办世界杯而解除了危机。

可惜，今年的世界杯主办国与亚洲无缘，否则亚洲的金融危机也许会转化，而不会像专家们预言的那样需要三年。

不过，据美国一家研究机构做的调查，一届世界杯下来，全世界会损失四千亿美元。一九八二年，当时的西德对当年在西班牙举办的世界杯赛做了研究，发现德国工人旷工在家看电视转播，损失了六亿工时，等于政府损失了四十多亿美元。

足球近似规则化的暴力，攻击性非常强，当然比拳击还差了一截。

一九三〇年首届世界杯足球赛，阿根廷队对墨西哥队时，阿根廷吃了五次十二码罚球；对智利时又大打出手，裁判只好召警察入场；决赛时对乌拉圭，大批阿根廷球迷持械入场，我估计阿根廷队若输了的话，大批棍棒是打本国队员的。

一九三四年意大利队与西班牙踢成平局，大批队员受伤。隔日再战时，两队只好换上新的队员。

一九五四年巴西对匈牙利，踢球加踢人，从场上一路混战到休息室。

贝利在一九六二年一开赛就被弄伤，一九六六年被恶整之后宣布不再涉足世界杯足球赛。

球迷暴动还用我说吗？

除了暴力，巫术也不缺席。一九八二年秘鲁对喀麦隆，秘鲁的巫师沙马尼哥说他感应到喀麦隆的巫师对秘鲁队施法术，于是召集了十二名巫师，各持大刀、棍棒和桦木条，在首都利马郊外集合。沙马尼哥念咒，其他巫师则挥舞法器，之后沙马尼哥宣布已经制伏了喀麦隆巫师召来的恶灵。秘鲁队与喀麦隆队比赛的结果是，0:0，两队后来都没能打入复赛。

喀麦隆的巫师检讨之后，在一九九〇年再度作法，他们要足球队员穿特定颜色的衣服，请球迷将老鼠和鸡放进球场。做这些事情时都要小心，一九八九年十一月，一名辛巴威的选手遵巫师嘱，赛前公然在球场撒尿，结果被罚终身禁赛。

阿根廷的一位家庭主妇说："比赛开始前，我绕着椅子按顺时针方向转两圈，再按逆时针转两圈，阿根廷就会赢。"

阿根廷的总统梅南也一样。他一九九〇年说："我总是在这儿（总统府）看转播，每次都穿同样的衣服，打同一条领带。"他认为这样会给阿根廷队带来运气。我觉得看球赛还戴领带实在是严肃了，不过总统先生可能认为足球是严肃的事情。

意大利前总统帕廷尼常请意大利国家队到总统府吃饭。一九八二年的那次世界杯赛前，已经八十五岁的他，还特别嘱咐意大利国家队的主力队员罗西说：“记住射门，还有，躲开铲球！”铲球躲不躲得开，专业球员不一定能处理好，但专业球员如果记不得射门，也就别踢了。意大利队夺了冠军回来，罗西将自己的球衣赠给老总统，报答他的赤子之心。

邓小平则是每天深夜准时收看转播，而且还要录下反复看重要段落，是专业球迷。顺便说一下的是，我看报导说中国国家足球队到韩国比赛，回国后教练的感言是原来韩国队每天吃牛肉，所以体力强。体力是由高质量的饮食保证的，这是常识，国家队不会连常识都不知道吧？所以我怀疑报导有误。记得初中时参加游泳训练，教练说“家里供不起每天二两牛肉的，以后就不要来了”，我以后就没有再去了，只到玉渊潭去游浑水。

世界杯足球赛期间，性似乎是关闭的，所以才有“足球寡妇”的说法。一九九四年世界杯期间，一对瑞典夫妇去朋友家看现场转播，之后，太太没兴趣，先睡了。到瑞典射入一球的时候，先生摇醒太太，太太不想听，于是夫妇吵将起来，结果是太太大怒，抄起剪刀就是一下，然后忿忿睡去。客厅里主人还在电视机前狂喜，谁都不知道有一个人倒在血泊中死去。

爱尔兰是个穷地方，但是到了世界杯期间，砸锅卖铁也要飞到主办国去看球赛，或者在酒吧里看转播一醉方休。球赛终于全部赛完，足球寡妇们递给足球先生的是离婚书。

泰国卫生部副部长一九九四年说："泰国妇女希望世界杯永远不结束。"因为时差的关系，泰国男球迷看现场转播是在夜里，声色场所当然是不去了。

我觉得足球赛中最惨的是裁判。

裁判足球赛，很多判断是主观的，哲学上称"自由心证"，俗话说就是"随你怎么吹了"。

一九七四年世界杯赛，萨伊对南斯拉夫，萨伊队的二号踢了裁判的屁股，裁判转回头来却将萨伊队的十三号罚出场。这是二十亿人都眼睁睁地看到的自由心证。

在攻击性这样强烈的运动中做裁判，裁判员挣的是性命钱。一九八九年哥伦比亚的一位巡边员，刚下计程车，就被几个人持乌兹冲锋枪扫射身亡。

阿尔及利亚的一位裁判掏红牌罚一个队员出场时，反而是自己被当场殴打致死。

裁判也需检点自己，不要火上浇油。第一届世界杯时，离赛时结束还有六分钟，巴西裁判就吹哨鸣金止战。忙什么呢？

一九六二年智利对意大利，被裁判罚出场的队员竟能赖在场上十分钟不出去。智利的球员放了一拳在对手脸上，裁判视若无睹。这位裁判大概是早已雇好保镖了。

最危险的是一九七八年，阿根廷队必须踢进四球，而且要赢三个球以上才能出线，于是买通秘鲁队和裁判。结果这一场对阿根廷队大放水，两个越位进球，裁判硬是“有看没有见”，巴西队赢得好端端的竟落了个出局。

有人说，国际争端，不如以足球赛的方式解决。我以前也不知好歹地附议过，可是细想想，原来危险很大。足球不能解决国际争端，它只能煽起不可遏制的攻击冲动，只能使国际争端中仅有的理性丧失。让足球只是一种游戏就好了，就好像让文学只是文学就好了，不要给它加码。任何事都是这样，按常识去做，常常在于智慧和决心吧。

一九九六年十一月，中国足协国家队管理部主任在全国足球工作会议上说：“与其窝窝囊囊地输，不如悲悲壮壮地死。”

一九七四年世界杯赛前，萨伊总统对即将出发的萨伊球队说：“不赢球，就是死。”结果胆战心惊的萨伊队连一场都没有赢过。总统先生何苦来？

中国如果想赢得世界杯冠军，还是要老老实实从常识做起，第一就是饮食要改变，老老实实吃牛肉，猪肉再香，也不能吃了。老老实实吃奶皮子、乳酪、“起司”，难吃也要吃，这样才能满场飞。

我喜欢看英国人、德国人的足球，他们跑起来像弹弓射出去的弹丸，脚下不花巧，老老实实地传，老老实实地飞奔，这才是体育运动。

写到这里，突然想到好像还没有看过有关足球的小说。想了想，想不太通，算了，不想了，还是准备看转播吧。

一九九八年三月 加州洛杉矶

跟着感觉走？

大概十年前了吧，流行过一首歌叫《跟着感觉走》。不过，好像跟着感觉走了一阵子，又不跟着了，可能还是跟着钱走来得实在吧。这倒让我想起历来的读书人，好像只谈感觉的问题，而不太谈吃饭的问题。谈，例如古人，也只是说“穷困潦倒”，穷困到什么地步？不知道。怎样一种潦倒？也不清楚。正史读到“荒年”、“大饥”，则知道一般百姓到了“人相食”的地步，这很明确，真是个活不下去的地步。

鲁迅写过一个孔乙己，底层读书人，怎样一种潦倒，算是让我们读来活生生的如同见到。还有《浮生六记》的夫妇俩，也很具体，当然历代不少笔记中也有小片段，遗憾在只是片段。

我在贵阳的时候，见到过一本很有趣的书，讲若上京赶考，则自贵阳出发时雇驴走多少钱，雇马走多少钱。第一天走到什么地方要停下来住店，多少钱，一路上的吃喝用度，都有所需银两细目。直到北京卢沟桥，当晚可住什么店，多少钱，第二天何时起身入城，在京城里可住哪些店或会馆在哪里，各多少钱，清清楚楚，体贴爽利。最有意思的是，说过娘子关时可住的一个店中有一位张寡妇，仅此一句，别无啰嗦。

我手上有一本四十年前陈存仁先生在香港写的《银元时代生活史》，常常闲来无事前后翻翻。陈存仁先生原是上海的一个医生，后来到香港还是行医，行医之余，写一些银元时代的生活的连载短文，慢慢集成一本书。书中对清末到抗战爆发这一段生活，记载甚详，包括一屉小笼包多少钱，什么地方的一席宴多少钱，什么菜。他编过一部有名的药典，抄写工多少钱，印刷多少钱。他因行医的关系，与民国元老吴稚晖有交往，也被章太炎收为关门弟子。这些交往，陈先生写来细节饱满，人情流动，天生无文艺腔。有个事情如果不是陈先生全过程的叙述，我们会以为怎么可能发生？原来民国初建时的一大摊革命事务里，有一项是立法废除中医中药，陈先生张罗着到南京请愿，才将中医中药保留下来。

我也是不长进，过于庸俗吧，很感兴趣这些细节。三十年前我去乡下插队，首先碰到的就是一日三餐的问题。初时还算有知青专款拨下去，可度得一时，后来问题就大了，不由得想到念书时灌到脑子里的古代诗人的三餐。

李白千古风流，可是他的基本生活是怎样的，看诗是知不道的。他二十五岁开始漫游，除了一年多在长安供奉翰林，一日三餐不成问题，其余，直到去世的三十五年中，都在漫游，每天具体的三顿饭，不必三顿，哪怕一天一顿好了，都是怎么解决的？诗中他常喝酒，酒虽然会醉人，但还是有营养的。有酒，起码就有一些下酒菜，可以抵挡一天没有问题。而且，古代的酒类是果酒，类似现在的“绍兴加饭”或“女儿红”，或者米酒，类似日本的SAKE，即清酒，可以喝得多而慢醉，只要不吐，就可以吸收成为热量。

李白他们的古代，一般人，尤其文人，是不喝我们现在这种白酒，也称为“臭酒”的。“臭酒”是两次以上蒸馏，消耗粮食的量很大，多是河工，也就是黄河防洪的服徭役者喝，或苦力喝，再有就是土匪，一是抵寒，二是消乏，三是壮胆。我们现在社会上流行喝臭酒，是清末至民初军阀时期兴起来的，说实在，酒品很低，虽然广告做得铺天盖地。

李白若喝臭酒，什么诗也做不出来，只有昏醉。张旭的酒后狂草，也是低度果酒的成果。武松喝的那过不了岗的三碗，是米酒类，稍烈一点，但危险一来，要能做汗出了，才好打虎。

洋人的情况差不多。所谓酒神精神，是饮果酒，也就是葡萄酒后的精神。伏特加算最烈的了，离二锅头还差着一截，我去俄国、丹麦、瑞典，见他们常喝。寒带人多数人有忧郁症，这与阳光少有关，尤其长达半年的白夜，真是会令人忧郁至极，酒可以麻醉忧郁。到他们的地区，看他们的画，读他们的诗、小说，听他们的音乐，都是符合的，不符合的，反而是异国色彩。

我的一些朋友，有忧郁症的，模仿起寒带艺术来真的是像，说模仿不对，是投契。没有忧郁症的，就是模仿了，东西总是有点做作。前些年美术圈兴过一阵“魏斯”风，几年下来，我们看在眼里，心下明白谁是投契，谁是投机。魏斯，是有忧郁的，忧郁得很老实，并老老实实地画自己的忧郁。美国有不少患忧郁症的人，极端的会自杀。医生有时不给他们开药，只是说，到热带去度个假吧。忧郁是因为起神经传导作用的去甲肾上腺素降低，吃些三环类的药就好了，只不过药效过后容易再犯，变成对药物产生依赖，于是容易更忧郁，所以还是度假的好。从报导上看，写《哥德巴赫猜想》的诗人徐迟的自杀，应该是患有严重的忧郁症。

病症影响情绪，这是每个人都有体会的，不要说癌症了，就是一个伤风鼻子不通，也会使一些人痛感生活之无趣。欧洲艺术史上有所谓浪漫主义时期，察检下来，与彼时的肺结核病有关。

结核病的症状是午后低烧，苍白的脸颊上有低烧的红晕，眼球因为低烧而眼压增大，角膜也就绷紧发亮，情绪既低沉忧郁又亢奋，频咳。在没有电灯的时代，烛光使这样一副病容闪烁出异样的色彩，自有迷人处。萧邦是这样的艺术家的代表人物。那时肺结核可说是一种时髦病，得了是又幸又不幸。

我国在上个世纪末这个世纪初，鸳鸯蝴蝶派的小说里，肺结核的男女主角一个又一个，这股风气由欧洲传来，林琴南译的《茶花女》，风靡读书人，于是读书人做小说下笔也就肺结核起来。当时的读书人，觉得肺结核有时代感，健健康康的，成什么样子？其实中国小说早有一个肺结核的人物，就是《红楼梦》中的林黛玉。那时还没有肺结核这个词，结核病统称“痨病”，但曹雪芹写林黛玉的症状很细，包括情绪症状，所以我们可以确定，林黛玉是结核美人。

现在具有现代感的病是什么，前些年是癌症，由日本传来，弄得华语地区的电视连续剧，一集一集的总会拍到医院病房去，鲜花和闪电中，最后的隐情。其实最现代的是艾滋病，但是小说家编剧人好像还没拿捏好，嫌它有乱交的麻烦，再说吧。

治疗肺结核病后来变得很简单，现在这种病几乎不再发生了。很巧，这时浪漫主义也结束了。

我这么讲可能很不厚道，可是当时作家好像也不厚道，无病不成书。如果以病症为常识，来判断艺术的流派或个人的风格，其实是可以解魅和有更踏实的理解的。

电影《阿玛迪斯》对莫扎特的葬礼有一个暗示，就是丧葬工人泼洒了几锹石灰到尸袋上。莫扎特的音乐清朗澄明，不像病人所为，但说他被缠于债务，贫病交加，什么病呢？莫扎特难道是用音乐超拔自己的困境，包括病？贝多芬则是先天性梅毒，导致盛年耳聋，而且梅毒引发狂躁与沮丧，当时还没有发明盘尼西林这种特效药，梅毒无疑就成了贝多芬不可抗拒的命运，例如他几次的恋爱都不可能结果为婚姻。我们知道了这一层，对他晚年的作品，例如弦乐四重奏，无疑听得出来剧痛与暂时缓解的交替，惊心动魄。我们知道，贝多芬拒绝用药，是他执着那些交替可以转换成音乐状态吗？舒曼不幸也是先天性梅毒，最后导致精神分裂，我们听他的晚期的作品，例如钢琴五重奏，明显的失误，无与伦比的魅力，同时在一起。

鲁迅患有肺结核，这也是他的死因。我们讲过了肺结核引起的情绪症状，“一个也不宽恕”的决绝，《野草》中的绝望，就多了一层原因。他晚年的文章几乎都很短，应该与体力有关。

这并非说艺术由疾病造成，而是文思的情绪，经由疾病这个扩大器，使我们听到看到的有了很难望其项背的魅力。当然，也有人装疯卖傻，哄抬自己，一谈到价钱，疯还是疯，但是一点也不傻。只可怜不明就里者，学得很累，钱呢，花得很冤枉。跟着感觉走，不知道会走成什么样。

所以我们不妨来谈谈感觉或者情感。

你们肯定猜到我又要来谈常识了。不错，不谈常识谈什么？世界上最复杂的事是将复杂解为简单。当然，最简单的事也就是将明明简单的事搞得很复杂，我们可以从民生的角度原谅长篇大论的一点是，字多稿酬也就多了。

法国有个聪明人傅柯（通译为福柯），好像是他讲的，“知识也是一种权力”。对中国人来说，我们不需旁征博引，只要略想想科举时代的读书，就明白了。“书中自有黄金屋，书中自有颜如玉”，书中还可以有一人之下万人之上，总之，可有的多了。但问题还有另一面，常识也是一种知识，只是这种知识最能解构权力。五四时代讲的科学，现在看来都是常识，却能持续瓦解旧专制。过了半世纪，有一句话，“实践是检验真理的唯一标准”，还是一句有关常识的话，因为之前，实在是一点常识都没有了。

不过常识这个东西也有它的陷阱。常识是我们常说的智商的基础，智商这个词我们知道是由 IQ 翻译而来。我们还有一个由日文汉字形词而来的“知识”，当年曾用过“智识”。我觉得还是“智识”好，因为“智”和“识”是同类的，“知”，如果是“格物致知”的那个知还好，否则只是“知道”。

八十年代初兴过一阵智力竞赛，类似“秦始皇是哪一年统一中国的”这种题铺天盖地，有些单位举办这种竞赛，甚至影响到职工福利的分配。但这是“知道竞赛”，我不知道的，你告诉我，我就知道了，很简单的事。智力是什么？是对关系的判断。你告诉我秦始皇是怎么一回事，中国当时是怎样一种情况，问“秦始皇会怎样做？”这才是智力所在。中国有个说法是“小时了了，大未必佳”。小时了了是五岁识得一千字，大未必佳是上大学了还不会洗脚。我在台湾听到诺贝尔化学奖得主李远哲先生讲，如果在家里没有做过家务，例如洗碗，成绩再好，我也不收他做化学博士研究生。

IQ 是 Intelligence Quotient 的缩写，它在西方行之有年，传到中国，也用来测之有年。不过，这个 IQ 是大有问题的。

IQ 是指，智力年龄 ÷ 实足年龄 ×100 之后的那个值。这个值若是 120 以上，算“聪明”，不足 80 的，是“愚蠢”，而且永远就是这样的，变不了。小时了了，大未必佳。小时了了是 IQ 绝对 120 以上，但是，大未必佳，也许会低于 80 很多。我们几乎人人都有这种身边的例子，小时的玩伴一直到大学毕业的同学，聪明，老师宠爱，亲友赞不绝口，五年过去了，十年过去了，当初被讥为“傻蛋”、“呆瓜”、“蠢猪”的孩子，留级生，常补课的，三脚踢不出个屁的，反而有出息得多。最有意思的是高材生们还在咀嚼当年的豪言壮语，智力低下到竟还没有明白那些目标既非豪也不壮，只是一点学生腔罢了。最令我惊异的是，我在美国遇到不少从中国来攻读学位的，也是如此。“美国”这个词，也是一种魅，好像它等同IQ。因为中国人出国还非易事，这种魅还不易除，不过这些年来开始渐渐明朗了。

我有一次在聚会时说：“所谓好学生是一个问题只知道标准答案的人。”你如果明白一个问题有两种以上的答案，好，你苦了，考试一定难及格。事后才知道，这个意思结结实实得罪了一些人，这是我活该，因为我也把“好学生”表达为一种答案的形式了，可见我的IQ确实不到80，也就是愚蠢。这个岁数还这样，改也难了。

IQ的问题，在其计算公式的产生地也越来越遭到质疑，所以近十年来，EQ的重要性很快地超过IQ的重要性。

EQ是Emotional Intelligence的意思，译为情商，不过时髦的人直称EQ，似乎用汉语说“情商”，有IQ不足的嫌疑。

你会说，这已经是老生常谈了嘛。尤其丹尼尔·高曼（Daniel Goleman）一九九三年写了那本畅销书《EQ》（*Emotional Intelligence*）之后，EQ 已经成了常识。没错，我就在说这个常识。

也许你还记得我写过一篇《爱情与化学》，那篇文字里介绍过爬虫类脑是我们人类脑里的最原始部位，它主管着我们最基本的生命本能。这之后发展出古哺乳类脑，其中有个“情感中枢”。

情感中枢中最古老的部分是嗅叶，负责接收和分析气味。气味对古老动物的重要，可说是攸关性命。食物可食否，是否为性对象，捕捉与被捕捉的辨别，都靠与气味的记忆的比对结果。

嗅叶只有两层细胞，第一层负责接收气味并加以分类，第二层负责传递反射讯息，通知神经，指挥身体采取何种反应。

当嗅叶进化发展成情感中枢时，脑才开始有情绪功能。而在进化过程中，逐渐形成的情感中枢逐步修正学习与记忆这两大功能，古哺乳类动物才有了更复杂的反应的可能。当然，气味是反应的基础，以至情感中枢里有了一个嗅脑部分。

一亿年前，到了新哺乳类动物的脑，也就是灵长类动物和之后人类的脑，开始增添了几层新细胞，智慧开始出现了。

我这样的描述，是要警惕的，因为进化的情形并非是说有就有了。我们解剖看到脑的组成，之后描述了大的区别，至于进化过程的实证，生物学家还在寻找。

人类的脑，最终进化出了对感觉可以加以思考，也可以对概念、符号产生感觉的功能。脑神经的互联更为复杂，有更多的反应，情绪也就精致起来，可以对感觉有感觉。新哺乳类脑的情感中枢在脑神经的结构中是个非常非常重要的角色，对脑部的其他功能有非常非常大的影响，到了可以左右我们的思考能力的地步。

不过，我们要回到情感中枢的嗅脑那一部分，因为里面有两个部分极为重要，一个命名为海马回，一个命名为杏仁核，都是因为它们的形状，而非其功能。

我们知道，杏仁核的功能，是纽约大学神经科学中心的约瑟夫·勒杜克斯（Joseph LeDoux）发现的。没有这个发现，EQ 的重要性不会超过 IQ。

勒杜克斯发现，当负责思考的大脑皮层对刺激还没有形成决定的时候，杏仁核已经指挥了我们的行为。我们有很多悔之莫及的行为，就是因为杏仁核的反应先于大脑皮层的思考，不免失之草率。

在这个发现之前，医学界认为感觉器官先将感觉信息传到丘脑，转为脑的语言，再传到大脑皮层的感觉处理区，整理成感觉，形成认知和意义，再传到情感中枢，决定如何反应，再通知其他脑区和全身。通常的情况确实如此，这意味着，杏仁核是依靠来自大脑皮层的指令来决定情绪反应。

勒杜克斯的革命性发现是，除了我们已经知道的丘脑到大脑皮层的神经元，他找到了我们以前没有发现的丘脑直达杏仁核的一小绺神经元。这样，杏仁核抢先于大脑皮层的处理过程，激发出情绪反应与相应的行为反应方式，先斩了再说。

勒杜克斯用实验证明了杏仁核处理过我们从未意识到的印象和记忆。他以极快的速度在试验者眼前闪过图形，试验者根本没有察觉，可是之后，他们会偏好其中的一些很奇特的图形，也就是说，我们在最初的几分之一秒，已经记得内容并决定了喜欢与否，情绪可以独立于理智之外。

至于海马回，则是一个情境记忆库，用来进行信息的比对，例如，关着的狼与荒野中的狼，意义不一样。海马回管的是客观事实，杏仁核则负责情绪意义，同时也是掌管恐惧感的中枢。如果只留下海马回而切掉杏仁核，我们在荒野中遇到一只狼不会感到恐惧，只是明白它没有被关着而已。又如果有人用一把枪顶在你脑袋上，你会思考出这是一件危险的事，但就是无法感到恐惧，做不出恐惧的反应和表情，同时也不能辨认别人的恐惧表情，于是枪响了。这是不是很危险？

杏仁核主管情绪记忆与意义。切除了杏仁核，我们也就没有所谓的情绪了，会对人失去兴趣，甚至会不认识自己的母亲，所谓“绝情”，也没有恐惧与愤怒，所谓“绝义”，甚至不会情绪性地流泪。虽然对话能力并不会失去，但生命可以说已经失去意义。

杏仁核掌管的恐惧，在动物进化中地位特殊，分量吃重，因为它决定了动物在生死存亡之际的反应，战还是逃。

杏仁核储存情绪记忆，当新的刺激出现，它就将之比对过去的记忆，新的刺激里只要有一项要素与过去相仿佛便算符合，它就开始按照记忆了的情绪经验启动行为。例如我们讨厌过一个人，以后只要这个人出现，我们不必思考就讨厌他或她。勒杜克斯称此为“认识前的情绪”。

这样，虽然杏仁核的反应是为保护我们的生存，但在一个变化迅速的环境里，我们不免会受到误导。因为一，很可能旧的情绪记忆相对新的刺激已经过时；二，杏仁核的反应虽然快，但失之草率。

我们的童年时期，是杏仁核开始大量储存情绪记忆的时期，这也就是一个人的童年经验会影响一个人一生的原因。一个成人，在事件发生时，最先出现的情绪常常就是他的杏仁核里童年就储存下来的情绪模式。你可以明白，父母常在小孩子面前吵架甚至动手，小孩子虽然小到还抱着奶瓶，但他已经“看”在杏仁核里了，他只是还不能思考这个记忆。这也就是最危险的。虐待，娇宠，虚伪，等等等等，小孩子将来有得好受了。前些年在美国爱荷华大学发生中国留学生卢刚杀人事件，是一个典型的 EQ 出了问题的例子，因为卢刚的 IQ 没有问题。童年、少年处在“无产阶级文化大革命”时期的人，他们的杏仁核，就是国家的情绪命运，跟着感觉走？

如果你还记得我在《爱情与化学》里介绍过的前额叶，你就知道事情还有补救。前额叶主司压抑，它的理性作用可以调节杏仁核的“冲动”。前额叶会在刺激的瞬间对各种可能进行评估，选出最佳决策，再策动行为。

这就是最基本的 EQ。

我们的社会，强调了知识，强调了知识经济，这似乎是没有问题的。但是没有 EQ，“人”将不“人”，“社会”将不“社会”。“劳动创造了人类”，这个“劳动”如果讲的是工具使用，促使 IQ 不断发展，是有问题的。我看这个“劳动”应该解为劳动组织，这个组织，就是不断成熟的社会关系，它的成熟，是由人类的前额叶与杏仁核的互相平衡造成。我们的前额叶里都是一些什么软件？我们有怎样的行为被孩子的杏仁核记忆为情绪？

孔子在两千多年前就提出“仁”，我们意识到那是个 EQ 的里程碑吗？孔子的教材里当然有彼时的 IQ 成果，但他的弟子们在《论语》里，记载的都是老师的 EQ 啊，那里面有迫切的情绪焦虑。两千多年后的子孙没有了自己环境中的 EQ 问题吗？一个富足但是 EQ 低下的社会，是个可怕的社会吧？ EQ 是不是较 IQ 来得重要而且迫切呢？

你如果说我既然用一种知识的形式讲出以上，所以是一种 IQ，所以 IQ 比 EQ 重要而且迫切，我当然只好闭嘴，去讲 EQ 对艺术的重要了，不过，那是下一个题目了。

一九九八年五月 墨西哥城

艺术与情商

一九八五年，评家说这一年是中国文学转型的一年，这一年，当时还是西德的一个叫 Patrick Süskind，中文译音为苏斯金（台湾译音为徐四金，正好与我的一个朋友重名）的人出版了他的一本小说 *Das Parfum*，意思是香水。

《香水》轰动西德，一下卖出了四十万本，旋即再轰动世界，被译成二十七种文字。苏斯金在一九八四年写过一个单人剧剧本《低音大提琴》，一直到现在还是德国常演出的剧。

出了《香水》之后，一九八七年，苏斯金有个短篇《鸽子》，九一年则有短篇《夏先生的故事》。《夏先生的故事》配插图，现在给小说做插图真是罕见，插图者是我最喜欢的漫画家桑贝（Jean-Jacques Sempé），我不太买小说，但这一本买了，算收藏。

《香水》实在是一本很绝的小说，绝在写的是嗅觉。小说开始的一段，我个人认为可删（是不是狂妄了？），将第二段作为开始：

> 我们要讲的这个时代，城里到处弥漫着咱们当代人无法想象的臭味儿。道儿上是堆肥臭；后院是尿骚臭；楼梯间是烂木头味儿，老鼠屎味儿；厨房是烂菜帮子味儿；屋儿里憋着一股子陈年老灰味儿；卧房里是黏床单子味儿，潮被子味儿，尿壶的呛人味儿；烟囱是硫磺是臭鸡蛋味儿；皮革场是碱腥味儿；屠宰场是血腥味儿；人身上一股子汗酸味儿，衣服老不洗是股子酸臭味儿，嘴里喷烂牙味儿，胃里涌出来葱头的热臭味儿；上点儿年纪以后，就是一股子乳酪的哈喇味儿，酸

奶和烂疮味儿。

河边儿臭，教堂臭，桥根儿臭，皇宫也臭。乡下人和教士一样儿臭，学徒和师傅的婆娘臭成一个样儿；贵族从头臭到脚；皇帝也臭，臭得像野畜生，皇后臭得像头老山羊，无冬无夏。十八世纪，还控制不了诸多细菌的祸害，人类拿它们没法子，凡是活物儿，别管老还是小，没有不臭的。

巴黎是法国最大的城圈子，所以最臭。这首善之区有个地方，打铁街和铁器街之间的无名尸坟场更是臭得出格儿。八百年了，主宫医院和间壁的教区，成打的大车运来死人，堆到沟里，一层摞一层，天天如此，积了有八百年。一直到后来，法国大革命前，有几个死人堆塌了，漾出来的咸臭味儿让塞纳河边儿的人不是嚷嚷就算了，而是暴动。闹到后来，关了坟场，再起出几百万的烂骨头，运到蒙马特地下坟场，原来的地方儿，搞成个菜市儿卖吃的。

我特别用北京方言译了这一段，觉得这样才有味儿。苏斯金用味道画了一张巴黎的地图。苏斯金当年为写《香水》，一个人骑辆摩托车到法国南方香水产地转悠，戴着墨镜什么也看不清，顶着头盔什么也听不见，所以，嗅觉就成了他仅有的感觉了。

说实在的，当今的北京、上海，不是也可以用味道辨认的吗？清朝咸丰年间，日本的一些崇拜中国文化的学者组了个团到北京旅游观光，以偿景仰。不料到了北京，大清国的帝都，路边有屎，苍蝇撞头，脏水出门就泼到街上，垃圾沿墙越堆越高，这些日本汉学者受的打击实在是大，有的人回去后不再弄汉学，有的则是自杀，真正做到眼不见为净。

我去印度，也是这样。印度有个特别处是烧各种香的味道。巴基斯坦则是本国航空公司的飞机上也是国味儿，羊膻气。美国加利福尼亚州南部，因为紫外线过于强烈，花不香，人好像住在电影里。

日本是冷香型，竹林中有一种苦凉的草香气，尤其雨后。

美国的香型是热香型，进干花店，一股子又甜又热的味道像热毛巾裹头，熏得眼珠子都突出来。我还是喜欢冷香型，例如茉莉花，梅花，当然最好还是兰花香，所谓王者香。桂花闻久了会觉得甜，有点儿热。夜来香闻久了是臭的。闽南的功夫茶，第一道倾在一个细高的杯子里，之后倒掉，将杯子放到鼻子底下闻，雅香入脑。天津的小站米，蒸或煮后，香味细甜。

说到臭，以前插队第一次坐马车到村里，路上眼睁睁地看到马放了一个屁，却闻不到味儿，于是等马再放屁，还是没有味儿，真是惊奇，原来还有不臭的屁。

最可怕是黄鼠狼的屁，臭得极其尖锐锋利。有的人的狐臭可以达到“无可比拟”的水平。唐朝时长安的胡人非常多，陈寅恪先生考证“狐臭”原来是“胡臭”，即胡人的体臭，可是唐诗里好像没有哪一首感叹到，大概是没人有勇气将臭入诗。安禄山会做胡旋舞，臭味儿当然四散，玄宗皇帝和杨贵妃似乎闻不到，看得高兴地笑起来。

我写过一篇小说《洁癖》，讲一个人有洁癖，这在北京当然是很难过的，“最难熬是上厕所。只是用过的纸积成山这一项，就叫老白心惊肉跳。味儿呛得人流眼泪，老白很奇怪怎么别人还能蹲着聊天儿，说到高兴处，还能抽着气儿笑”。

动物是不食自己的粪便的，只有互食。粪便的味道阻止了排泄者回收自己的排泄物。“回收没有价值”等于“回收物没有价值”，于是开骂，“狗改不了吃（人）屎”，“人类的狗屎堆”，“屁话”，“不须放屁，试看天地翻覆”。这最后一句是毛泽东的诗作，“无产阶级文化大革命”中曾被中央乐团编成交响合唱，“不须放屁”之后，有长号的拖音摹仿，其实远不如现场施放准备好的气味来得够情绪。不过，你也可以就此明白为什么唐朝诗人不将当时普遍的体臭入诗了。

当艺术还与原始宗教不可分的时候，气味是原始宗教中负责激起情绪的重要手段，流传下来的手段大概只有燃香一项了。“燃香沐浴”，燃香，是制造规定的味道，沐浴则有祛除自己体味儿的作用；“斋戒”，也就是禁食，则是降低排泄物的产生。外清里清，虔诚的情感状态来了。

我不妨引一下上一期关于嗅觉的部分：

情感中枢中最古老的部分是嗅叶，负责接收

和分析气味。气味对古老动物的重要，可说是攸关性命。食物可食否，是否为性对象，捕捉与被捕捉的辨别，都靠与气味的记忆的比对结果。

嗅叶只有两层细胞，第一层负责接收气味并加以分类，第二层负责传递反射讯息，通知神经，指挥身体采取何种反应。

当嗅叶进化发展成情感中枢时，脑才开始有情绪功能。而在进化过程中，逐渐形成的情感中枢逐步修正学习与记忆这两大功能，古哺乳类动物才有了更复杂的反应的可能。当然，气味是反应的基础，以至情感中枢里有了一个嗅脑部分。

怪的是，艺术逐渐从宗教中分离后，越分离得厉害，越不带气味。歌，没有气味；诗，没有气味；音乐，也没有；画，有一点，但是“墨香”、“纸香”或“油画颜料的亚麻油味”。

电影被称为“综合艺术”，而且它与时代科技发展紧密相随，但是电影就是没有味道。电影中最尴尬的镜头就是情人们在花丛中激情不已，观众闻到的只是电影院里各种奇怪的味儿。电影是只有“脏”没有“臭”的艺术。

我还记得参加过的一次电影拍摄。有个镜头是需要男女相吻，但女演员嫌男演员总是吻得时间过长，有被吃豆腐的感觉。我建议她吃一点韭菜或蒜一类的东西。果然，再拍时男演员只吻了一下就立刻离开她的嘴。不过放映效果是情人男吻了一下情人女，之后就目光炯炯地深情地望着情人女。我至今不知道的是女演员到底吃了点儿什么，因为拍摄现场找到蒜之类的东西的可能性太小了，我总不能怀疑她吃了屎吧？上个时代的美国性感男星克拉克·盖博，我想你多多少少总看过那部根据小说《飘》改编的电影《乱世佳人》吧？好，你想起来了。盖博是有名的口臭，与他有吻戏的女演员都有点胆战心惊，据说有导演喊“停”之后女演员昏倒的情况。

美国电影协会今年票选出美国的一百部名片，《乱世佳人》排名第四。如果你认为《大国民》不应该排第一，《乱世佳人》就可以排到第三；如果你认为《北非谍影》和《教父》（第一集）不够排第二和第三，那《乱世佳人》

就是第一了。评选的结果一出来，美国的录像带店又铺天盖地地贴出《乱世佳人》的那张著名的接吻海报，我经过的时候看到，想，导演为什么还不喊“停”？幸亏电影没有味儿。

艺术没有味儿，于是艺术只好利用视觉和听觉引发情感。

我们需要再回忆点常识。上一期讲道：

> 情感中枢的嗅脑那一部分，里面还有两个部分极为重要，一个命名为海马回，一个命名为杏仁核，都是因为它们的形状，而非其功能。
>
> ……当负责思考的大脑皮层对刺激还没有形成决定的时候，杏仁核已经指挥了我们的行为。我们有很多悔之莫及的行为，就是因为杏仁核的反应先于大脑皮层的思考，不免失之草率。
>
> ……这样，杏仁核抢先于大脑皮层的处理过程，激发出情绪反应与相应的行为反应方式，先斩了再说。
>
> ……至于海马回，则是一个情境记忆库，用

来进行信息的对比，例如，关着的狼与荒野中的狼，意义不一样。海马回管的是客观事实，杏仁核则负责情绪意义，同时也是掌管恐惧感的中枢。如果只留下海马回而切掉杏仁核，我们在荒野中遇到一只狼不会感到恐惧，只是明白它没有被关着而已。又如果有人用一把枪顶在你脑袋上，你会思考出这是一件危险的事，但就是无法感到恐惧，做不出恐惧的反应和表情，同时也不能辨认别人的恐惧表情，于是枪响了。这是不是很危险？

杏仁核主管情绪记忆与意义。切除了杏仁核，我们也就没有所谓的情绪了，会对人失去兴趣，甚至会不认识自己的母亲，所谓“绝情”，也没有恐惧与愤怒，所谓“绝义”，甚至不会情绪性地流泪。虽然对话能力并不会失去，但生命可以说已经失去意义。

……杏仁核储存情绪记忆，当新的刺激出现，它就将之比对过去的记忆，新的刺激里只要有一项要素与过去相仿佛便算符合，它就开始按照记忆了的情绪记忆启动行为。例如我们讨厌过一个人，以后只要这个人出现，我们不必思考就讨厌他或她。勒杜克斯称此为“认识前的情绪”。

……我们的童年时期，是杏仁核开始大量储存情绪记忆的时期，这也就是一个人的童年经验会影响一个人一生的原因。一个成人，在事件发生时，最先出现的情绪常常就是他的杏仁核里童年就储存下来的情绪模式。

造型艺术里的“真”，所谓“写实”，就是要引起与海马回里的情境记忆的比对，再引起杏仁核里的情绪记忆的比对，之后引发情绪。这是一瞬间的事。

我们可以由此讨论一下八十年代后期举办的一些人体画的展出。据学院派的意见，人体画是艺术，不是色情。但同样是艺术，静物画展不会引起人潮涌动的效果吧？所以，前提是裸体是引起同类异性性冲动的形象记忆，引发的情绪就是色情。不少国家的法律只规定以生殖器部位的裸露程度来判定色情与艺术的分界线。

使裸体成为艺术，是在于大脑部分的判断，而这是需要训练的，而训练，不是人人都可以得到的。即使是美术学院这样的训练单位，模特儿也是不许当众除衣的，而是先在屏幕后除衣，摆好姿势，再除去屏幕。除衣是情境记忆，它会引发色情的情绪。

裸体模特儿隐避除衣，是本世纪初从欧洲引进的。当学生有过一定的训练之后，模特儿的进入程序就不严格了，最后达到可以走动，和学生聊天。美术学院的学生一定还记得第一次人体课开始时的死寂气氛吧？还记得多少年后仍在讲述的笑话吧？怎么会当了教授之后就误会凡人百姓都受过训练呢？

凡人百姓的训练是生活中的见惯不怪。我姥姥家的冀中，女人结婚后日常天热可不着上衣，观者见惯不怪，常常是新调来的县上的干部吓了一跳。所以不妨视冀中人为裸体艺术家，将县上新干部视为参观裸体艺术展的观众。一般来说，越是乡下，裸体艺术家越多，越是城里，训练反而越少。

知青初去云南，口中常传递的是女人在河里当众洗澡，绘声绘色，添油加醋，情绪涌动。几年之后，知青们如十年的老狗，视之茫茫。

这就是同样的形象反复之后，海马回都懒得比对了，也就引不起杏仁核的情绪比对了，也就没情绪了。我怀疑如果给畜生穿上衣服，一万年之后，它们也会有关于色情与艺术的争论。

人体艺术，真实可贵在你还爱人体，通过画笔见到的人体，会滋生出包括性欲但比性欲更微妙的情感。这不是升华，是丰富，说升华是暴殄天物。

音乐，我在《爱情与化学》里说过了，此不赘。

文学有点麻烦。麻烦在字是符号。识得符号是训练的结果，我们中国人应该记得小学识字之苦。训练意味着大脑在工作，所以人类的大脑里有一个专门的语言区。嗅叶、海马回、杏仁核都不会因符号而直接反应，它们的反应是语言区在接受训练时主动造成与它们的联系，联系久了，就条件反射了。例如先训练“红灯要停住”，之后见到红灯，就引起大脑的警觉，指挥停住。红灯这一图像符号经过反复训练，可以储存到海马回里归为危险情境，但当我们想事情的时候，还是会视而不见闯红灯。我小的时候常看到公共汽车司机座旁有个警告“行车时请勿与司机交谈”，就是这个道理。

上个月，我的车被人从后面撞了两次。一次是后面的驾驶人在打手机，一次是后面的驾驶人在骂她的孩子。我现在从后视镜里不但要看后面车的情况，还要看驾驶人的情况，我觉得他们的海马回随时会有问题。

所以当我们阅读的时候，所谓引起了兴趣，就是大脑判断符号时引起了我们训练过的反应，引起了情感。文学当中的写实，就是在模拟一个符号联结系统，这个联结系统可以刺激我们最原始的本能，由这些本能再构成一个虚拟情境，引发情绪。所谓“典型”，相对于海马回和杏仁核，就是它们储存过的记忆；相对于情感中枢，就是它储存过的关系整合，如此而已。“典型人物”大约属于海马回，“典型性格”大约属于情感中枢。

而先锋文学，是破坏一个既成的符号联结系统，所以它引起的上述的一系列反应就都有些乱，这个乱，也可称之为“新”。对于这个新，有的人引起的情感反应是例如“恶心”，有的人引起的情感反应是“真过瘾”，这些都潜藏着一系列的生理本能反应和情感中枢的既成系统整合的比对的反应。巧妙的先锋，是只偏离既成系统一点合适的距离，偏离得太多了，反应就会是“看不懂”。《麦田捕手》是一个偏离合适的例子，所以振振有词的反感者最多；《尤里西斯》是一个偏离得较远的例子，所以得到敬而远之的待遇。不过两本书摆在书架上，海马回是同等对待它们的。

电影，则是直接刺激听觉和视觉，只要海马回和杏仁核有足够的记忆储存，情感中枢有足够的记忆，不需训练，就直接进入了。引起的情绪反应，我们只能说幸亏电影不刺激嗅觉，还算安全。

实在说来，现代人的海马回里，杏仁核里，由电影得来的记忆储存得越来越多，所以才会有“那件事比电影还离奇”的感叹。

我建议研究美学的人修一下有关脑的知识，研究社会学和批评的人也修一下有关脑的知识，于事甚有补益。我不建议艺术创作的人修这方面的知识，因为无甚补益，只会疑神疑鬼，真实状态反而会被破坏了，写侦探小说的除外。

修艺术例如绘画学分的美国学生，你若问他你学到了什么，他会很严肃地说 thinking，也就是思想。这是不是太暴殄天物呢？因为学别的也可以学到思想呀，为什么偏要从艺术里学思想？读《诗经》而明白“后妃之德”，吾深恶之，因为它就是 thinking 之一种。

IQ 弄好了，可以导致思想，但仅有智商会将思想导致于思想化，化到索然无味，心地狭小，于是将思想视为权力、门面、资本。如此无趣的人我们看到不少了。

EQ 也可以搞到不可收拾，但我还是看重情商。情商是调动、平衡我们所有与生俱来的一切，也许它们作为单项都不够优秀，但调和的结果应该是一加一大于二的状态。

身外之物，也许可以看淡，但身内之物不必看淡。佛家的禁欲，多是禁身内之物对身外之物的欲，办法是否定身内之物这个前提。少数人可以生前做到，多数人只能死后做到。这么难的事，实在是太难为一般人了。但一般人调和身内之物之间的平衡，则是自觉经验多一些就大体可以做到，不难的。平衡了，对外的索求，不是不要，而是有个度。有度的人多了，社会所需就大体有个数了，生产竞争的盲目性就缓解多了。盲目都是对于自身不了解。

这像不像痴人说梦？我觉得像，因为我们对自身的了解几乎还没有开始，无从开始情商的累积。我们大讲特讲智商的匮乏，将仅有的情商也作智商看待，麻烦事儿还在后头呢。

不过说到情商这一节，也就可以回答《爱情与化学》那一节的疑问了。假如爱情的早期性冲动在情感中枢中留下记忆，此记忆建立了情感中枢里的一个相应的既成系统，当化学作用消失了之后，这个系统还会主动运行的话（主动运行的意思是不受盲目的支配），原配的爱情就还有。否则，就是另外的爱情了。记住，爱情是双方的，任何一方都有可能败坏对方的记忆，而因为基因的程序设计，双方都面临基因利益的诱惑。

我们可以想想原配爱情是多高的情商结果，只有人才会向基因挑战，干这么累的活儿。

一九九八年七月　加州洛杉矶

再见篇

常识写了有两年了，这是最后一篇。“最后”常常是个概念，概念有时会压迫人，例如，例如“世纪末”好了。度和量是人为规定的，时间可度量，所以世纪末是一种人为的规定，这个规定搞得不少人惶惶不可终日。

按说人们应该已经习惯年终与年初相接的那一刹那，但为什么还会对第一百个或第一千个同样的一刹那忧喜叠加？越是临近人为的这一刻，越是荒诞百出？相信未来的一年，会越演越烈。

这是人类在一种自己制造的度量面前，因为催眠与自我催眠而呈现的焦虑。没有办法，我们人类的脑有这样的功能，现在是这种功能的集体发作，但愿这种焦虑引起的不是集体的攻击，世纪之钟敲响之后，但愿焦虑缓解。两千多年前那个担忧天会塌下来的杞国人，显然有受迫害狂的倾向。当时的人做寓言来嘲笑，自有彼时“天行健，君子以自强不息”的强悍之气。可是本世纪，自第一次世界大战以来，对人类某些价值观的怀疑，逐渐解构我们的一些盲目，也逐渐酿成我们的许多焦虑，而且，越临近世纪末，由科学数据支持的焦虑越强烈，例如，“环境保护”渐获共识。

刚过去不久的洪患，终于迫使中国朝良性焦虑迈进一步。水土保持，按理说是个常识，何需由上百亿的损失换得？交常识的学费何需要交到肉痛？荷兰近年决定退地还海，以荷兰这样一个与海争地的国家来说，向海退地有一点“卖国”的意思，但为了“买”生态环境，这个“国”是要卖的。美国赌城拉斯维加斯附近的胡佛水库也要拆坝了，以当地的沙漠环境来说，积蓄水再合理没有了，但为了生态环境，拆。美国是很早就明白水库对生态环境的改变效果，而且很早就不再兴建水库了。虽然可以提出一千条水库的正面证据，但是严密监测的结果是，小不忍则乱大谋，谋什么？谋更大更长远的生态环境，忍则是不再建和拆。

前不久我忽然被邀请讲一下我的小说《树王》，理由是其中涉及到砍伐森林导致生态失衡。于是找来十多年前发表的这篇东西，翻看之下，深为自己当年的焦虑吓了一跳，同时也为自己当年的粗陋脸红不已。九二年还是九三年的时候，意大利有制片人执意要将《树王》拍成电影，此事我在《威尼斯日记》记录过。结果是亚洲的朋友们认为这是发达国家的阴谋，他们通过糟蹋生态发达了，现在为了他们的利益，让不发达国家保持生态环境，“你的小说改编成电影，是他们用一个不发达国家的作品来说‘看，你们自己的人也说了嘛’”。我一向对这种政治交集表现得智力不够，于是婉言谢绝了制片人。现在看来，是坚持常识的能力不够。

今年是知识青年上山下乡三十周年，看来看去，主题是放在人生得失上。但就我个人的经历，起码东北、内蒙古和云南，知青参与了破坏生态。当然，当年的知青的知识里，没有生态这一项，只有战天斗地，而且表现得近乎疯狂。只是由于这种疯狂，让我起了一些焦虑，觉得事情哪里有些不对头。我不讳言我是参与破坏者，也因此我倒有了说出我的焦虑的资格。三十年了，知青不年轻了，但是我一直没有找到承认自己是破坏者的知音。近年回去插队地点看看的知青们，意识到破坏的后果了吗？黑土地，北大荒，处女地，意思应该是原始生态，破坏它为什么成了“人生得到锻炼”这种只对一代人生效的欣慰呢？蒙古草原是世界上剩下的唯一一块原始草原，我们从世纪初一直挖到世纪末。红土地的亚热带原始森林，不是一刀一刀被我们砍掉，放把火烧得昏天黑地吗？黄土地，曾经是汉武帝与匈奴强力争夺的牧草场，谁占有它，等于现代的坦克有了汽油。卫青与霍去病，替汉王朝夺到了这项“风吹草低见牛羊”的战略资源，可是两位将军，料得到今天的这般景象吗？

绝非大哉问，只是常识之问。

当然可以反诘我目前的情况就是如此，百姓要吃饭，社会要发展，这是发展的必然之径。但是，“竭泽而渔”的道理不难明白吧？我诘问当年的知青，也是不公平。还记得当年陈永贵视察云南，质问为何不大开梯田？还记得当年云南省革命委员会策划的“围湖造田”，滇池面积缩小，春城的气候明显改变了？没有常识的操纵权力，革命可以是愚昧，《树王》表达的不是生态意识的自觉，只是一种蒙昧，蒙昧抗拒不了愚昧的权力，失败了，于是有性格悲剧的意味，如此而已。

不过写到这里，我发现我本来不是要聊生态环境的，只是因为触到“世纪末”，触到由此而来的焦虑，才一路岔开。写作常常是这样，你会被某个字眼不小心撞歪。日常中我也常常误入一条路，不过我常常索性就走一走看。

我本来是想，在最后的这一篇里聊聊基因。

我对基因有兴趣，大概从小学五六年级开始。我记得那时的一个暑假，去北京林学院我舅舅那里去玩儿。我舅舅高中毕业上大学的时候，因为成绩一直很好而获得保送资格，他挑了林学院。我倒也不觉得不挑北大清华有什么不对，因为那时我还没有什么势利眼，我只是觉得林学院很好，那里离圆明园很近，大学的馒头好吃，好像有一次还为暑假不回家的学生供应了一回饺子。

舅舅的床上有一本书，书名忘了，只记得作者叫布尔班克，美国人，农场主，运用基因原理生产订货。有一次订货是豌豆，因为将来是要装罐头，所以要求豌豆必须是同样大小的，要命的是交货期限非常短，短到按豌豆生长期来说，不可能交出那么多豌豆。布尔班克详细讲到他怎么利用显性基因原理筛选出豌豆，同时造了暖棚，架了灯具，终于如期交货。

这本书让我看得入迷，我至今不知道我为什么会入迷，而且看完了发现还有下册，但是下册没有了。我记住了布尔班克这个名字，以至二十多年后我到美国洛杉矶，发现其中有一个市叫布尔班克，我觉得就是以那个种豌豆的布尔班克命名的。

不过基因这回子事，我也记住了。我因此在升入中学后非常喜欢生物课，生物课不是主课，按理说犯不上那么卖力，但“喜欢”常常是不按理的。当时教生物课的先生，“文革”前北京中学老师称先生，无论男女，教生物的先生很年轻，我想是刚大学毕业，二十多岁吧，我有一次下课后问他如果想多知道一些生物的知识要怎么办，他看了看我，他大概没有想到有学生对副科感兴趣。不过他又忽然非常高兴，说，你要是对生物有兴趣，将来考武汉大学生物系好了。

我想我们之间有点误会。如果他是我们的班主任，他应该知道以我的家庭出身我是上不了大学的，我问他的问题，只是出于我的强烈兴趣。直到现在，我还是一个被兴趣牵着跑的人，听听，看看，读读，聊聊，还有写写。可能到死的时候，兴趣是我是怎样一步一步失去知觉和思维的。兴趣促使我从书店架子上抽下很多我认为与生物有关的书，读来半懂半不懂。我当然读了不少苏联的李森科的遗传理论，但是我逐渐打听出为什么几乎找不到奥地利的神父孟德尔（Gregor Mendel）的遗传理论的书，只因为政治的原因。我当时以为只要不去理政治就可以了，不料政治可以很方便地阻挡常识。前面说过的布尔班克，是依循孟德尔理论的，所以他的书出了上册之后，风向转了，下册遂不能出，持孟德尔理论的教授不能再到课堂上教我舅舅那一辈的学生了。

一九〇〇年，真正的本世纪初，荷兰的德弗里斯（Hugo de Vries）、奥地利的凡谢马克（Erich von Tschermak）以及德国的科伦斯（Carl Correns）各自研究，却不约而同发现相同的遗传现象，即，所有子代的遗传特性都来自两个遗传单位，而这两个遗传单位分别来自双亲。三个规矩人各自到图书馆去查查看他们的发现是否是新发现，结果都找到孟德尔早在三十五年前，也就是一八六五年就发表的豌豆实验论文。孟德尔去世之前曾说："我的时代将来临。"

真是这样。一九〇四年，美国的萨顿（Walter Sutton）发现遗传单位藏在细胞核里形状像香肠的构造物中，这种香肠要染过色才看得到，所以称它为"染色体"。现在我们已经知道，人类具有二十三对染色体。"遗传学"这个名词是一九〇五年发明的，"基因"则是要再过四年，一九〇九年才出现，由丹麦的生物学家约汉森（Wilhelm Johannsen）根据希腊文"给予生命"创造出来的抽象名词，用来解释代代相传的遗传特质。

一九一五年，摩根（T. H. Morgan）等人在经过果蝇实验掌握足够证据之后，出版了《孟德尔遗传论的机制》，首次以染色体的理论阐释遗传现象。

一九四一年，美国的毕多（G. W. Beadle）和塔坦（E. L. Tatum）发现基因的功能在于复制生命体的基本结构物质：蛋白质。不过到这时为止，我们还不知道基因是什么样子，也不知道基因是怎样复制的。

一九四四年，艾弗瑞（Oswald T. Avery）和麦克赖欧德（Colin MacLeod）、麦克卡提（Maclyn McCarty）证明 DNA 也就是去氧核糖核酸是最基本的遗传物质。

一九五三年，DNA 的秘密终于发现了。英国物理学家克瑞克（F. Crick）和美国生物学家瓦岑（J. D. Watson）一同发现了 DNA 的物理结构，它像个螺旋梯，有两条长链，长链间每隔一小段就以一个简单分子相连，好像梯子的横木。横木是由两个碱基构成，碱基有 A、T、G、C 四种。整条梯子其实是扭成双螺旋形状的。每条染色体上排列了数千个基因，而碱基的排列组合，有三十亿。

以道布鲁克（Max Delbrück）为首的一群包括物

理学家、化学家的科学家在五十到六十年代建立了分子生物学。它讲究“再现性”，一般实验室都可以做到；它又是实质性的，基因不再是孟德尔定律中的数学演算单位，也不再是一串珠子，而是有清楚化学结构的分子。随着这些基本知识，七十年代出现了“基因工程”技术，于是，分子遗传学飞速发展起来，定位并辨识每个基因。

一九八三年，找出了杭廷顿氏舞蹈症（Huntington's disease）的致病基因；一九八七年找出了肌肉萎缩症的致病基因；一九八九年找出了囊肿纤维变性致病基因，这一年特定基因的发现很频繁，之后越来越快，也就越来越多。到了今年，一九九八年，距世纪末还有一年的时候，美国联合资助的研究人类基因组计划，宣布绘出完整的人类基因地图，可提早两年在二〇〇三年完成。实际上地图有两部分，一是染色体的每一小段的位置，不管这些片段上有无基因，称为“生理地图”；二是基因在染色体上的位置，称为“基因地图”。一九八六年这个计划开始的时候，预算是三十亿美元，也就是一个碱基一块钱，照当时的技术条件，需要一千个科学家每人投入三十年，也就是需要三万年的工时。当然，实际速度越来越快，目前已经排列出一亿八千万个人类基因碱基组合。

不过美国的两个民间基因研究组织，一个宣布可以在二〇〇一年完成地图，经费只需两亿多美元，另一个宣布已经排列出百分之七十五。

大致列了一下基因在本世纪的发现过程，我们几乎可以说，本世纪是基因世纪。严格说，本世纪是基因的前世纪，下个世纪才是基因的世纪。正好在本世纪当中间，一九五三年，科学家发现了DNA的构造，这是本世纪最重要的事，其他事件，相较之下都黯然失色，而且基因、DNA已经成了一个现代人的常识。随着本世纪晚期的电子计算机的进步，下个世纪的特色之一是数码，别忘了，基因的本质也是单纯的数位，只不过它不是两位码，而是四位码。

生物只不过是基因的载体和基因传递的媒介，这也就是说，生物本身没有意义。如果将来“生物”这个词具体为“人类”，我们所谓的尊严将受到致命的打击，说被摧毁也不为过。生命，人生，没有意义，也就无所谓价值，都不过是佛家所说的“幻想”，人类创造了文明与文化，无非是让人更好地成为基因的载体和传递的媒介。我们讨论崇高，鄙薄庸俗，好好学习，天天向上，玩赏艺术，挖掘想象力，寻找纯真爱情，酒色财气，民族主义，冷战，和解，宗教，出世，入世，渐悟顿悟，共产主义接班人，教育，资本主义掘墓人，金融危机，天才，智商，情商，等等等等，都是为基因做嫁衣裳。生态平衡，环境保护，无非是让各种基因都能继续传递。人权，也无非是让人这种基因的载体之间有个公平的关系。不孝有三，基因不传为大。基因不仁，以万物为刍狗。

八十年代初，我读到英国动物行为学家道金斯（Richard Dawkins）的《自私的基因》（*The Selfish Gene*）一九七六年版，中国算是很快就有了中译本。一九八九年，《自私的基因》出新版的时候，书中的论证以及由此产生的我称之为的“基因哲学”，已经成了世界性的常识。到了一九九五年，道金斯又写了《伊甸园外的生命长河》（*River Out of Eden*），进一步提到基因的本质是数位，这是因为四种碱基的排列组合决定了蛋白质的类型。我们说到基因的时候，还不免对这个词有些感情色彩，可是到了数位这一步，恐怕就感情不起来了，基因也就到了真正不仁的境界。

你也许会有怒气，你基因既然对我们不仁，更谈不上什么义，干脆我们就约好了一齐死给你看，看你还传不传得下去，讹诈你一回。

怒气归怒气，基因这件事还真有世纪末的情调。我们好不容易进化了几百万年，有了喜怒哀乐，结果到了基督降生快两千年的时候，不知道是该喜该怒还是该哀该乐。基督是救世主的意思，还要不要救呢？耶稣是上帝的儿子，这回搞清楚了，我们不是上帝的子民，我们只不过是他妈的数码。

因此下个世纪，不管它是否伟大，不管我们乐观还是悲观，我们好不容易建立的伦理，肯定要兜底翻检一下，看怎么个适应法了。法律，宗教，哲学，都会遇到革命性的考验，我们会发现它们最起码会是步履蹒跚。一个复制羊引起的可能复制人的问题，已经是山雨欲来风满楼。普遍的预言是，五年之后将有复制人。以商业常识来判断，没有人傻到法律宣布允许复制人之后才开始复制人。

人类基因组地图弄好之后，并非是说每个基因组的功能就明白了，而只是位置而已。每个基因组的功能，或人的某项功能或疾病是由哪些基因组造成的，还有待追寻。投资了，千辛万苦寻到了，应该是公共财产呢还是私家专利财富？

按照某人的基因缺陷而专门制造的生化药物，卫生部怎么个批准法呢？要知道，很可能会有十二亿种药物呢。

会有婴儿的基因普查吗？如果是，一个人很早就知道自己必然会得某种绝症，是不是很残酷呢？

会有全民基因普查吗？保险公司会为那些被证明基因有问题的人保险吗？他或她，会不会根本找不到工作呢？尤其是有“犯罪基因”（这不是笑话）的人，应该关起来吗？免不了会有“基因歧视”吧？

衰老基因已经找到了，但是你真的愿意活到五百岁吗？尤其当环境条件使你痛苦时，你愿意受五百年的活罪吗？如果你告诉一个美国人，你要交五百年的税了，我猜他或她宁愿去死。

下个世纪，将是一个——我不用说了，你可以预料到很多很多，结果还是会有很多很多你料不到的。总之，会有改变，包括我啰嗦了两年的常识。

一九九八年 意大利佛罗伦萨

附 录

清明世界，朗朗乾坤[1]

唐诺

如果我说，小说家钟阿城是我个人认识的人中，感觉最像孔子的人，这样的讲法会不会太刺激了一点？

当然，时代不一样了，政治的景况、社会的景况也全不一样了，阿城没孔子那种“明明知道不可能却执意去做”的政治浪漫；传播发达，有想法看法可直接写成文章发表，也再用不着弄一群颜回子贡绕在身

1 本文收录于台湾版《常识与通识》中，脸谱出版社，2001 年 11 月。收入本书时略有删节。

边，我这里要说的其实是学习、思索和看待世界的基本方式——阿城是个好读书而且杂读书之人，但和我们这一代人大不相同的是，即便近乎手不释卷，但阿城通过文字的学习比例仍还比我们低，这一方面是因为他行遍天下的奇特人生际遇（这当然需要时代的不幸配合，非我们所能，也不晓得该羡慕还是侥幸），但更重要是他由此而生的奇特本事和人生趣味，牢牢地让他联系于具象事物的俗世之中，就我个人所知，阿城当然是好厨子；也是好木匠，能修护难度极高的明式家具，他最早横越美国的旅费二千美元就是这么赚来的；是好汽车技师，自学而能，亲手组装过六七部福斯的古董金龟车卖钱，最后一部他舍不得卖，红色敞篷，我看过照片，阿城戴墨镜摄于车旁，人车俩皆拉风；而最有趣是阿城还教学生钢琴，这是旅居纽约的名作家张北海泄露出来的，提起这事阿城难得有点尴尬，暗骂了两声。

不是吹嘘不是标榜，阿城才真的是那种看菜单看商品目录，比看荷马史诗还津津有味的人。

但际遇、趣味乃至于现实求生本事相像不稀罕，阿城和孔子惊人相似之处在于，阿城不排斥抽象的文字学习（事实上，他是此中高手，从不民粹从不反智），也一样有足够的聪明和专注做纯概念性的思考，但他总要把抽象的学问拿回来，放入他趣味盎然的世界好好涮过，就像北京的名物涮羊肉一样，如此才得到滋味好入口，也因此，所有的抽象概念符号，在阿城身上都是有现实内容的，他不放心加以浸泡过的，有着实感的温度、色泽甚至烟火气味。

阿城在本书的《魂与魄与鬼及孔子》文中，他自己也说了，“我喜欢孔子的入世，入得很清晰，有智慧，含幽默，实实在在不标榜，从古到今，不断有人用道家标榜自己，因为实在是太方便了。”——从阿城，我才真正晓得孔子的入世，不是游列国干诸侯的救世部分，那是他给自己的不得已任务，因此总有委屈之感，孔子的真正入世，是我们一向误以为他道不成要回身隐遁的那部分，游山观水、乘桴浮海，回到他所属民间社会的从来之处，这才是他真正乐趣所在。但这个醒悟，同时也带给我不祥之感，我会同理可证马上想到，很长一段时日被我个人（以及朱天心等）认定为海峡两岸小说第一人的阿城，小说书写极可能也只是他对眼前世界的“公德心”部分，阿城极可能不会久居此地，毕竟，他太喜欢那个更火杂杂、更热闹有人的世界，如孔子说的，人和鸟兽终归不是同类，我是人，我选择和人住一起。

阿城在台湾居留期间，导演侯孝贤安排他住木栅的安静山边，随遇而安的阿城事后说，下回能不能就让我住永和豆浆店楼上？

概念是抽空的、不具质量的，这当然有其必要，人的思维速度因此可以加快，挺进的幅度因此可以更加深入，甚至快到思维者本人都拉不住它，深入得拉不回来，这方便于思维边界的英勇探勘行动，但也就不免于异化（意识形态化）的风险；相对来说，留在具象世界之中，用实象来思考，万事万物总是有重量的，在在形成阻力，因此思维行远不易，当然欺人遂也相对不易（画鸟兽难，每个人都可用自身的经验对抗它、检验它），也因此总是安全的。

在概念思维的世界于是合适产出理论，深邃壮丽，非寻常人可参与可判别，但奇怪总是要我们分边认边，非此即彼，隐含着森严不可妥协的对峙对抗；而在阿城所热衷的具象现实世界，则比较合适讲故事，人人能听能懂，而且意见矛盾并陈，往往谁也拗不了谁去，因此，表面上吵吵闹闹，其实是温和不迫人的。

既然如此，我们也来讲讲古老的故事，让我们对阿城的阅读从说故事开始。

见怪不怪的故事

春秋时代曾经有个翟国，是当时的游牧民族之一，后来亡掉了，遗民流散，其中有个叫翟封荼的聪明人向南投靠三晋的强豪赵简子，下面是收在刘向《说苑》的一则故事，或说一段对话。

赵简子问翟封荼："听说翟国曾经下过连着三天的谷雨是吗？"翟封荼点头说确有其事。赵简子又问："我又听说也下过三天的血雨，这也是真的吗？"翟封荼点头说确有其事。赵简子再问："我还听说有过马生牛、牛生马这样的怪事，也是真的吗？"翟封荼还是点头说确有其事。

赵简子感慨起来，叹口气说："人家说妖孽可以亡国，果然一点没错。"

但翟封荼说："不，您问的这些都是很平常的事，下三天谷雨，其实是谷子被龙卷风卷上天造成的；下三天血雨，这是鸷鸟在空中打群架造成的；马生牛、牛又生马，这是因为牛马杂牧杂交造成的，这些都不是让翟国灭亡的妖孽。"

赵简子问："那翟国真正的妖孽是什么？"

翟封荼回答："翟国人民离散不凝聚，君王年幼无能，卿大夫贪财，结党营私只晓得争个人的权势财富，官吏作威作福欺压人民，政令成天改来改去没一样能有效贯彻，士人普遍贪婪而且怨恨上头的人，这些才真的是翟国灭亡的妖孽。"

这是个很舒服的故事，但老实说也是中国古来相当典型的故事，类似的光《说苑》一书就收录着好几则。基本上，它不相信神秘之事，不惑于鬼神灵怪，认定万事万物必然有着平实的好理由，你把传说神话中离奇荒诞的成分拿出来，放到人生现实的光天化日之下这么一照，就会现出恍然大悟的常识原形来，原来如此，答案原来就只是这样子而已，这个柔和回归经验世界的思考选择，给予我们听故事的人一种素朴的愉悦，一种源于生活世故睿智的息事宁人——也因此，中国诸如此类今天习惯划归人类学领域、甚或进一步窥探意识无意识深层的传说神话，多半只成了单纯的寓言被解读，不做概念深掘，不持续在抽象概念的思维世界贪婪前进。

这里，我们便清楚看到，回归常识世界的除魅力量，这是个思维的煞车系统，让人清醒不耽溺，阻止人无边无垠地胡思乱想下去——但是，龙卷风真会让卷上天的谷子下整整三天吗？什么样飞鸟的世界大战打到血如雨下三天三夜不休呢（有空的人可换算一下需要粉身碎骨多少只鸟）？马和牛即便杂牧，依生物学，可能杂交繁殖不马不牛的后代吗？这里，问话的赵简子没追下去，回答的翟封荼也不持续想下去，两造皆心满意足地停在此处，停在当时水平的具象常识世界之中。

没有危险，但也没新的发现启示。

这使我想到另一则故事，是我个人阅读所及，和翟封荼故事同途殊归的最相对故事，思维者在几近完全相同的疑问下，做出一百八十度的抉择，体例上仍是对话，出自柏拉图的《费德拉斯篇》：

相传苏格拉底和费德拉斯两人散步到传说中北风神带走奥瑞茜雅的河崖旁，费德拉斯问：“如果奥瑞茜雅不是在这里被北风神带走的，你还会相信这个故事是真的吗？”

苏格拉底的回答是，不管信与不信，这对他都不构成困扰，事实上，并不难找到一种巧妙但看起来合情合理的解释，比方说，奥瑞茜雅其实是在这河边的岩石上玩耍，不小心被强烈的北风吹下石崖摔死或淹死的，因此遂传说成北风神带走了她——如何？到此为止像不像翟封荼式的答案？

然而，苏格拉底却又说了一段很著名也很有意思的话：

但是，这样的解释虽然能很巧妙又似乎很合理解释了神奇的传说，却不会让我欣羡，因为如此一来，我们也被迫得继续解释，神话传说里的半人马怪兽、吐火的怪物，以及一大堆蛇发女妖或飞马等等，要对每一个传说都提出一套素朴的可能解释，需要很多空闲的时间，但我却完全没有这么奢侈的闲情，我真正的理由是，直到目前为止，我还没办法做到像德尔斐神谕所说的“认识我自己”，因此，在我还没真正认识我自己之前，花时间去研究不相干的事物，对我来说是很荒谬的，我宁可更简单用传统信仰的理由来打发它，而我真正必须知道的是，我自己身为一个人，究竟是比百头巨人更复杂更狂暴的一种怪物，还是更温和更单纯的生物？

这里，提醒大家注意苏格拉底不选择翟封茶式解释的理由——没有时间，没这份闲工夫，因为有更要紧的事等着去做，而所谓更重要的事是“认识我自己”，一件幽微深邃的思维任务。

来不及的伟大向往

阿城这本书，包含了十二篇意志力一贯的文章，原是发表于《收获》双月刊，谈话的主题是“常识”——君自故乡来，应知故乡事，阿城回过头来和大陆的人们谈论常识，而且文章篇幅颇长、文字内容直话直说（就阿城越来越简短、越点到为止的书写方式而言)，当然是苦心的。

但常识是什么？常识不就是社会中最通俗、最底层、游荡在空气之中几乎人人可不学而能的最起码认知吗？这不是每个人都已经拥有的东西，干吗要费神重述重说呢？什么时候何种景况之下，人会连最基本的常识都失去、都再看不到呢？常识得而复失之际，又会酿成什么危险呢？

大风大浪走过的潇洒阿城，究竟担心什么？

我猜，答案用中文来说，可总结成四个字："意识形态"——就举个阿城标的所向的大陆实例来说，遍地是农民，种了数千年之久稻麦高粱小米的老练中国农家，会没有最基本的常识，晓得庄稼要扎根深浅、间距多少才好得到理想的收成吗？甚至说开花太多时得狠着心摘除一部分，才能颗颗饱满结实不是吗？然而我们看到，当挟带了革命意识形态强力而来的所谓"深耕密植"政令当头罩下，所有的千年经验、所有的常识当场全消失了，当然，没太久之后，就连该有的收成也消失了，接管这整片古老大地的是全面性的歉收，这就是五十年代中国大陆的大饥荒。

这里，相对于人们经验世界的常识，我们可以怎么理解意识形态？大体上，意识形态并非完全对立颉颃人的基本经验，并非单纯的蒙昧，相反的，它往往来自于人们意识到经验世界的限制，不耐烦于经验世界具象事物的沉重束缚，所积极寻求的一种雄心勃勃的超越，这种超越，如我们在柏拉图身上、在文艺复兴后欧洲的理性主义者身上所看到的，尽管瞧不起紊乱迟缓的经验世界，要把经验世界隔绝在外不受其骚扰，但思维仍在理性的范畴之中运作，受着人类基本理性秩序的节制，但问题是，理性仍是有限制的，无力穿透我们触目所及而且驱之不去的诸多现象的疑问，比方说生死、爱情、生命的终极价值和目的等等，你忍受不了没答案，无法带着满心疑惑照常过日子照常入睡，你就得再次超越理性悍然而行，但由此开始的新思维旅行，再没地标，再没规则章法，支撑你的，大体上只能是激情、直觉、认定和不回头的信仰。

因此，我们或者可以这么说，意识形态的最根源处，原生于一种人类之于“伟大”的遍在渴望，生年不满百，常怀千岁忧，这不单单只是诗意的不必当真的浪漫情怀，还是一种迫在眉睫的有限生命动人实践，你心知肚明自己仅仅只有这几十年时间，但要看的世界那么大，要追问的问题那么多，要娶上手的美丽女性为数那么大，要亲身验收的功业打造那么漫漫不可及，我们把一颗巨大的心，收在一个有限生命的身体之中，你压抑不住欲求，便只能转而寻求另一种快速的方式，一种即溶式的伟大——因此，意识形态的灾难通常总是一种奉伟大之名的灾难，它不得不返祖地援用信仰（人类最快速的一种获取真理方式）以产生必要的实践强力，但它总宣称自己是更进步的，是瞻望未来的，是明日而不是昨天。

昨天是什么？昨天是既有的经验，落在现实的具象世界土地上，沉积为今天的常识，不伟大，是它的一大缺憾，满足不了那些总是踮高脚尖窥探明天的人。

……

好梦由来最怕醒

但太强调“长期”永远是伤感情的事，即便对我们这些没奢望伟大也并不太性急的寻常人等来说，也会有缓不济急、索我于枯肆的真实焦虑。很多可怖的灾难我们都知道它只是暂时的、局部的、会过去的，地震会停歇，台风会远飏，洪水会退走，战争革命会杀人杀到筋疲力尽再杀不动，所以才有凯恩斯对自由经济思维长期自动调节功能的嗤之以鼻名言：长期，长期我们都死了。

更何况，我们说过，意识形态并非全然的古老蒙昧，它可以是进步之名的，可以跟着新知识的进展而来，像中国这百年的意识形态统治，便和人类知识的诸多新发现如达尔文的进化论揭示脱不了干系。

因此，真正的关键，倒不在更多的常识（这只是个好的征象，说明常识领域的受到关注并持续进展），更不在于更对的常识（我们怎么晓得比方说阿城这些援引科学新知的“新常识”，改天不会在下一波发现被推翻如昔日的“地球中心说”呢？)。毕竟，和意识形态的对抗，基本上绝不是一场对与错、是与非、或更戏剧性的正与邪永恒大战，往往，它就只是人心的封闭或开放、坚硬或柔软罢了。

真理，是意识形态的第一标志，通过对经验世界的封闭，以去除杂质，完成自身的纯净，这是陀思妥耶夫斯基说的附魔状态，或温和些如阿城说的催眠状态之下的产物，因此，所谓真理和虚伪的伟大战斗，基本上总是一种“划下道来”的战斗方式，非我族类，其心必异，然而，从我们清醒状态的人旁观，它毋宁更是两个真理之间的战争，只是一个意识形态和另一个意识形态的炽烈对抗，只是一个神和另一个神的炽烈对抗，结果不论谁输谁胜出，是基督十字军或安拉圣战士，打赢留下来的都只是意识形态而已，除了勉强有点相互毁灭的去神圣性效果而外，殊无意义。这一点，写《国家的神话》的卡西尔说得很好，意识形态是哲学无法攻穿的，是三段论无力驳斥的，哲学真正能做的，只是帮助我们多了解它，知道发生了什么事而已。

你如何和一个落入催眠状态的人面红耳赤地辩论呢？你不会的，你会叫醒他，必要时用一桶冷水浇他，满心抱歉，但真的是为他好——所以阿城说他本来想把这本书命名为“煞风景”，惊破人家好梦。

梦怕什么？怕天亮。因此，好莱坞感人肺腑的虚拟之梦，先得把我们关进无光的隔绝戏院里面；而我们什么时候最容易情感泛滥、自我感动得一塌糊涂？大概就是子夜过后四下无人的孤绝时刻，因此，那种情境下记的日记写的信，顶好第二天睡醒后再重看一遍，否则他日很容易后悔，并成为别人勒索你的材料。

常识没什么了不得的，甚至说对说错都没那么要紧，而是它是鸡啼，是 morning-call，是清醒的声音，负责把我们唤回它所从来的、扎根的真实无欺世界，一个具象清明、朗朗乾坤的世界。

鉴赏这个世界

而阿城不仅仅揭示了这个真实世界，还鉴赏了这个世界，这是阿城美好的价值所在，是阿城在我们这个世代之所以成为“稀有财”的所在。

我个人以为这是非常要紧的，相对于无羁的、虚拟的、任意的催眠世界，如果被叫回来的我们，四顾发现我们身处的真实世界，仍一如我们记忆中那样乏味无趣贫薄，你还是会想倒头睡回去的，就像人戒不了酒、戒不了麻醉药品、戒不了伟大壮丽的意识形态一般——真实世界的失败，有它自己要反省负责的地方。

如此现实的坠落可能是两面的：一边，我们眼前的世界，或者如卡尔维诺说的，急剧在“硬化”，美好事物消失如海潮退去；而另一边，就像李维–史陀指出的，我们自身也不再晓得如何看待这个世界，我们不知道如何和具象的事物相处，我们失去了生命本身的可贵鉴赏能力。

清醒，但是美好富想象力，而且含幽默，我们所欠缺的，正正好就是阿城——到这里，我们再无法代言了，事实上也无须解释，因此，我们的伴读责任至此可告一段落了，往下，是真正阿城的美好时间了——

图书在版编目（CIP）数据

常识与通识 / 阿城著 . — 上海：上海三联书店，
2019.4（2025. 5 重印）

ISBN 978-7-5426-6481-5

Ⅰ . ①常… Ⅱ . ①阿… Ⅲ . ①随笔 – 作品集 – 中国 – 当代
Ⅳ . ① I267.1

中国版本图书馆 CIP 数据核字 (2018) 第 207771 号

常识与通识
阿城　著

责任编辑 / 杜　鹃
特约编辑 / 黄平丽　杨　潇
装帧设计 / 陆智昌
内文制作 / 陈基胜

出版发行 / 上海三联书店
（200041）中国上海市静安区威海路755号30楼
邮　　箱 / sdxsanlian@sina.com
联系电话 / 编辑部：021-22895517
发行部：021-22895559
印　　刷 / 山东韵杰文化科技有限公司

版　　次 / 2019 年 4 月第 1 版
印　　次 / 2025 年 5 月第 11 次印刷
开　　本 / 787mm × 1092mm　1/32
字　　数 / 100 千字
图　　片 / 1 幅
印　　张 / 7.375
书　　号 / ISBN 978-7-5426-6481-5/I・1450
定　　价 / 48.00元

如发现印装质量问题，影响阅读，请与印刷厂联系：0533-8510898